咸旗

老臣 著

作家出版社

图书在版编目（CIP）数据

咸旗 / 老臣著. -- 北京：作家出版社，2025.7.
（冰心奖 35 周年典藏书系 / 翌平，郭艳主编）. -- ISBN
978 - 7 - 5212 - 3367 - 4

Ⅰ. I247.7

中国国家版本馆 CIP 数据核字第 20259GZ202 号

咸　旗

主　　编：翌　平　郭　艳
作　　者：老　臣
策　　划：左　昡
统　　筹：郑建华
责任编辑：赵文文
插　　图：覃瑜君
装帧设计：瑞　泥
出版发行：作家出版社有限公司
社　　址：北京农展馆南里 10 号　　　邮　　编：100125
电话传真：86 - 10 - 65067186（发行中心）
　　　　　86 - 10 - 65004079（总编室）
E - mail: zuojia@zuojia. net. cn
http: // www. zuojiachubanshe. com
印　　刷：三河市紫恒印装有限公司
成品尺寸：145 × 210
字　　数：145 千
印　　张：7.125
版　　次：2025 年 7 月第 1 版
印　　次：2025 年 7 月第 1 次印刷
ISBN 978 - 7 - 5212 - 3367 - 4
定　　价：35.00 元

作者简介

　　老臣，原名陈玉彬，1965年1月生于辽宁锦州。1998年加入中国作家协会。著有长篇小说、中短篇小说集、散文集等三十余部，结集"老臣阳光成长小说系列"文集六部。曾获得全国"五个一工程"奖、冰心图书奖、陈伯吹儿童文学奖等奖项。

童真之眼与面向未来的儿童文学

郭艳（鲁迅文学院教研部主任、研究员）

高科技 AI 时代带来人类文明更加深刻的嬗变，人作为宇宙居民和星球物种已然发生了更为异质的变化，儿童无疑是这一巨变最为直接的对象。儿童是未来，儿童文学抒写地球人最本真的生命感知和审美体验，是写给未来者的文字。在纷繁芜杂的多媒体虚拟语境中，纸质文本对于儿童智力、情感和心灵的塑形更显出古典的崇高与静穆的优美。冰心奖包括冰心儿童图书奖、冰心儿童文学新作奖、冰心作文奖、冰心儿童艺术奖四部分，获奖儿童文学作家逾千人。冰心奖作为中国以著名作家命名的全国性儿童文学奖项，其架构设计蕴含着深远的文学社会学意义。在冰心先生的关怀下，以及冰心奖创始人雷洁琼、韩素音和葛翠琳的筹划、设计和主持下，经过三十五年、几代人的共同努力，冰心奖已成为中国儿童文学重要的民间奖项，它还是新时期以来众多初登文坛的儿童文学作家在创作初期获得的重要激励，其获奖文本成为文学佳作的写作风向标，获奖作家日渐成为当代儿童文学的中坚力量和引领者。本套合集中，老中青数代作家济济一堂，年龄横跨了近一个世纪的时空场域，印证了该奖项作为"儿童文学作家摇篮"的独特功能。

冰心奖以文学性为核心，关注作品的叙事结构、语言艺术、象征系统构建等文学本体特征，众多获奖作家呈现不同向度的美学追求，体现了新时期以来中国儿童文学原创的丰硕成果。

一、现实关怀与多元成长叙事

面对二十世纪九十年代以来的中国社会，众多作家显示出了对于童年和成长更为多元的认知，写作视域从校园、家庭、都市、乡村延伸至自然、博物、地域、民俗，乃至科学、科技、科普和科幻等，从而延展和拓宽了当代儿童文学现实主义的深度和广度，也极大地推动了文本叙事革新的深化。

其一，乡土审美叙事与诗意美学结合，重塑乡土中国镜像和乡村儿童生命成长。曹文轩作为首位获国际安徒生奖的中国作家，推动中国儿童文学走向世界。他的创作以诗性现实主义与古典悲剧意识为内核，书写水乡泽国的乡土，形成哀而不伤的美学境界。王勇英的写作则以俚俗幽默与野性生命力为底色，乡野喜剧中暗藏成长隐痛，书写大地伦理滋养的童年精神，展现万物有灵的乡土世界。林彦在古典诗意与江南韵律之中编织绵密的童年心事，笔触疏淡却意境幽微。薛涛在山林、江河与民间传说里讲述独特的成长故事，文字间潜藏着温暖与救赎。湘女守望边地乡土，凸显红土高原的山川风物、茶马古道与民族原生态浸润中的童年故事，奇幻而质朴。彭学军以诗意语言与生活化叙事勾连历史记忆与当代童年经验，赋予传统手工艺、地域文化以现代生命。高凯书写童心，通过童真语言、自然意象与现实哲思的融合，呈现出对生命教育与乡土诗性的审美追求。常星儿以辽西沙原为精神原乡，在少年成长叙事中凸显对乡土中国的深情回望。

其二，现代主体性观照下的城市—乡村—世界—少年群像：疼痛中的向光成长。具有现代主体性观照的作家们聚焦都市生活流和乡村日常的童年经验，摹写少年们的精神、情感与心理成长，塑造更具现时代当下性的少年群像。高洪波运用新奇的视角和想象，创造出有趣的形象和情节，体现对儿童自由天性和生命价值的尊重。常新港以冷峻笔法刻画少年在成长阵痛中的蜕变，幽默中蕴含思辨，粗犷而饱含生命热度。翌平以独特的少年视角审视童年往事，倾诉少年成长烦恼与对世界的好奇，想象力充沛，情感真挚深刻。刘东聚焦青春期少年在都市与乡土夹缝中的精神困境，用蒙太奇拼贴记忆碎片，形成破碎感与治愈力并存的独特文本。老臣以雄浑苍劲的北方为底色，塑造质朴、刚毅的少年形象，苦难书写中淬炼悲怆，叩问生命与人性的坚韧。李东华探讨少年在历史洪流中的命运，直面成长创痛，以悲悯情怀熔铸坚韧品格。毛云尔相信每个孩子都有潜能：石头的翅膀深藏在内心，在好奇心、爱与理解的情境中，石头就会开始它自在的飞翔。文本具有生动而真实的细节与陌生化的想象力，显示出对儿童心理的深刻理解。孙卫卫以温润质朴的现实主义笔触聚焦当代校园生态与男孩成长的心灵图谱，渐进式成长浸润着生命的质感，寓教于情。

其三，现代女性视角下的家庭—校园—社会—少女形象：柔韧中的向暖而生。陆梅以江南为底色，构建潮湿而坚韧的童年镜像，摹写少女青瓷裂纹般的生命痛感，书写夏日阳光疗愈青春期的孤独。张洁以温婉的女性视角捕捉童年情感的细微震颤，在淡淡的疏离中重建童年与他者的联结。赵菱擅长在当代童年经验中植入神话原型与传统文化基因，在幻想叙事中体现现实关切，心灵镜像通透而明亮。谢倩霓聚焦现代家庭变迁与青春期少女的精神成长，脆弱与倔强交织、伤痛与治愈共存。辫子姐姐郁雨君以童心为底色，凸显儿童成长、互动创新的情感疗愈文学场域。周蜜蜜坚持多样化文体创作，以岭南文化为核心，文本兼具地域性、时代性与人文关怀，在传统与现代、科技与文学之间构建了独特的平衡。

其四，高科技时代的共情：科幻与现实相互交织，科技与伦理彼此关切。随着高科技时代的来临，儿童科幻越发成为解读现实不可或缺的文本。作家们将中国神话、历史、民俗与科幻结合，在时空旅行、生态灾难、末日危机等题材中普及科学知识，探讨批判性思维与伦理问题。本合集中，冰波的作品具有独特的构思和创新性，善于使用对比手法，在新鲜有趣的故事中传授知识、交流情感，文字温暖而治愈。

二、幻想美学的本土化重构

近三十年中国幻想文学致力于跨文化审美范式建构，在童话文本中注入东方哲学意蕴，构建中国童话的本土范式。童话作家们将文本叙事与幻想美学融合，探讨个体生命、自然万物，以及历史记忆之间的本质与诗性。众多创作传承本土文化基因密码，融入现代性思考，推动了中国原创童话的创新与发展。本套合集中，张秋生的《小巴掌童话》文体灵动自由，叙事充满诗意哲思，价值启蒙自然天成，以"小而美"的独特风格成为中国儿童文学经典。周锐的童话擅于将奇幻想象照进现实，在荒诞变形中表现当代儿童的生活镜像，延续民间叙事智慧，又注入现代批判意识，历史与童话结合，风格诙谐。汤素兰的童话将中国神话意象与西方幻想文学结合，在儿童视角中展开双重成长，使地域文化记忆获得当代审美价值，轻松、温暖而幽默，具有独特的美学意味。车培晶的文本通过纯真人性的浸润、苦难的观照与诗性语言的呈现，构建了童趣与美善的世界。吕丽娜在梦想、快乐、爱心主题中激发儿童的想象力和创造力，引导儿童向上成长。这些童话文本在更多本土化探索的同时，又关注当下社会性问题，以童话介入现实，并以绘本、微童话等形式延伸文体边界，实现现实关怀与跨界融合。当下的童话写作既延续了叶圣陶、张天翼的现实主义传统，又融入了现代人文情怀，在诗化童话的审美追求中，提升中国童话的哲学意蕴和童年精神表达。

值得一提的是班马的儿童文学创作，他以先锋姿态重构中国童年精神场域，从文化人类学视角构建奇幻文本，在虚实交织的地理疆域和古今时空穿梭中，提升儿童与自然的神秘交感，揭示被现代性遮蔽的原始生命感知，抵达对中华文化的现代性阐释。在语言实验层面，班马融合民族文化与后现代拼贴技法，在叙事迷宫中拓展儿童文学边界，激发儿童潜能（创造能力、感应能力、探索能力和审美能力等），从而参与对未来世界的影响和构建。他的写作融文化寻根、哲学思辨与游戏精神于一体，开创中国儿童文学文化智性书写范式。

三、爱的哲学与美善化育

当代儿童散文延续冰心先生提倡的"爱的哲学"，坚守儿童本位的语言与叙事表达，力求审美性与功能性平衡。同时文类和题材边界日益拓展，作家们关注人类学视野的边地童年、地域风物，以及方志化叙述中的城乡记忆等，表现出儿童散文创作更多维度的探索与追求。本套合集中，徐鲁的创作融合自然、历史与人文，兼具文学性、审美性和现代认知，充满诗意化的抒情气质，又蕴含对真善美的坚守，展现了中国儿童散文的思想深度与美学品格。韦伶将自然美学、情感哲学、教育娱乐，以及独特的女性视角和理论实践相结合，文本富有教育意义又兼具娱乐性。阮梅的散文语言优美，主题深刻，透露出慈祥的母爱与关怀，提供丰富的阅读体验和人生指导。张怀存的写作诗、书、画相交融，秉持童心与真诚，散文体现出情感与哲思、中西文化交融的特质，展现了文化碰撞与互鉴的魅力。毛芦芦注重生命与自然的思考，通过拟人化叙事赋予自然生命体验，情感真挚，富有审美教育功能。王琦的写作融入对地域文化和日常生活的回忆，在和读者共情中回溯童年的美好和难忘。

当下儿童散文创作在美善化育中，更注重对儿童本位和童年经验的反思，在时代嬗变中表达对儿童真实境遇的深切观照。同时在多文体、叙事多元结构、视角交融等维度进行更多的文本创新和实践，从而更为及时而深入地反映儿童的内心，表达儿童对于自我、他者和世界更为本真的体验和感悟。

四、文学史视野与价值重估

在 2025 年的时空节点，冰心奖评委会在冰心奖设立三十五周年之际，特推出由三十五位儿童文学名家名作组成的冰心奖获奖作家典藏书系，邀请儿童文学评论家徐妍、徐鲁、崔昕平、李红叶、冯臻、谈凤霞、涂明求、聂梦，参与本系列合集的审评，并为作品撰写推荐语。回溯历经三十五年的冰心奖是对纸媒辉煌时代的回眸与凝视。从文学史维度看，冰心奖三十五年历程恰与中国儿童文学现代性进程同频共振。她以"爱与美"为精神内核，恪守冰心先生"以童真之眼观照世界"的理念，以扎实的文本实践推动了中国儿童文学原创，培育了具有现时代文化精神和儿童主体性的文学新人群体，助推了中国儿童文学创作多元美学范式的转换。表现为：美学传统的接续与转化，深化童年本位的审美转向，重构现代儿童主体性；深度激活本土文化资源，推进传统文化符号的现代性转化，地域美学多层面呈现；深化儿童本位视角的现实主义，成长叙事多元共生，增强现实关怀与人文深度；幻想文本的本土化创新及东方诗化童话的美学追求；生态意识和绿色美学观照下的大自然文学、生命共同体的童真童趣表达等。在传统根脉和现代性诉求的双向张力作用下，中国儿童文学在时间、空间和价值维度上都发生了深层的变革和创新。

总而言之，新时期以来中国儿童文学所描述和呈现的童年经验、文化记忆和幻想世界等，都是和中国现代化进程深度融合的，是中国现代化语境中童年镜像的多元呈现和多声部表达，体现了中国现代性审美的诸多特征。冰心奖通过制度创新、精神传承与国际拓展，不仅推动了中国儿童文学原创的繁荣，更以美善化育重塑了儿童文学的价值内核，成为新时期以来儿童文学发展的重要引擎，也必定继续对未来的中国儿童文学产生更为持续而深远的影响。

2025 年 4 月 30 日

目录

咸　旗

　　我曾经长久地关注辽西地区的留守儿童。那里
已升华为我文学意义上的厚土与故乡，我牵挂那些生
机勃勃的生动灵魂。每个人的灵魂里都飘扬着一面旗
帜。生命是一个不断成长的过程，每种经历都是人生
的光；生命又是一个不断体验的过程，每种滋味都是
命运的盐。让我们的目光，长久关注那面咸的旗……

——老臣

一

郑祺像一面海蓝色的旗帜，在山谷间飘扬。

山不过是一些低矮的丘陵，沟也不深。

站在高高的望儿山上放眼去望，水汽氤氲，草浪翻滚，真像胸前照片上的大海。

郑祺在山谷间不停地上蹿下跳，头发被风吹成鸡冠的模样。他浑身大汗淋漓。想象着自己在胸前那片大海上冲浪的样子，不时发出夸张的呐喊。

"二大爷！"郑祺喊在红豆田里锄草的老汉。那个背驼得头快挨地的老人把头抬成斗架公鸡一样时，少年在小径上只剩下一片海蓝色的背影。

"这孩子！"老汉的叹息声中，郑祺已撞上了隔壁赵哑巴家的牛屁股。

"你认识他们吗？你认识他们吗？"郑祺已跑到牛头前面，睁着双眼皮的大眼睛望着黑体白花的牤牛。

牤牛叫赵四儿，三岁。它脖一扬，"哞——"低沉的声音在山野中回响。

"哞——"牤牛又叫了一声，黑亮的眼睛望着郑祺的前胸，发出讨好的叫声。

郑祺是和花牤牛一起长大的，他亲眼见证了它从一头活蹦乱跳的牛犊变成一头沉默寡言的雄健牤牛的过程。它也看着他长大。

他每次给它拌食、饮水时，它都会发出熟稔的叫声。蓝灰色的舌头上流淌着哈喇子，一副顽皮的馋样儿。

"你认识吗？知道他们是谁吗？"郑祺把遮没膝盖的海蓝色背心撑起来，让胸前成为一个平面，这样，一对肩膀挨着肩膀的两个头像就变得清楚了。

"哞——"花牤牛赵四儿懂事似的歪头看着，鼻孔朝天，嗅着山野间被风吹送来的气息。

郑祺被花牤牛赵四儿鼓励着，在闷热的山野里发出夸张的笑声："你肯定不认识，不认识！他回来那次，你还没出生呢！"

郑祺扭身又往前跑。为了让海蓝色的背心像旗帜一样飘扬，他跑出了风声。

郑祺想象着背心上的两个人，想象着他们倚靠的栏杆后面的大海，他大声笑着，想让田野里务农的邻居都看见他，更看到他胸前的那两个人。

那两个人在遥远的深圳市郊，一个叫宝山区的地方。

纸板厂老板被环保局下令停产整改，他不想放走技术熟练的工人。没活计干，又总得干点儿什么，他便组织他们去前海开发区旅游，每人发了一件海蓝色背心。

海边的地摊在做文化衫，可以印头像。人们面对镜头，背对大海，只听快门"咔嗒"一响，背心前面就印上了自己的头像。那两个人和所有工人一样，排着长队，花了十块钱，把自己的头像印在了背心上。他俩还特别地一致要求，在背心背面印上一个大大的"吻"字。

此刻，那件印着头像的背心，就飘扬在郑祺的身上。

"哞——"花牤牛赵四儿长嘶一声，循着郑祺跑过的路径，它仰头嗅着咸腥的空气，追逐着海蓝色的旗帜。

一个七八岁的孩子，一头漂亮的花牤牛，跑成山野间醒目的风景。

"这孩子——"二大爷的头没入红豆花间。不知是花香呛的，抑或是锄头下泛起了尘烟，二大爷的眼睛酸涩了一下……

二

小学校的操场不过是山村的晒场。春天晒野杏、野樱桃，秋天晒粮食和五颜六色的豆子。这一带被四面环围的高山挡住，连手机信号都没有，但也没有任何污染，形成了独特的气候环境。土地都是零星的瘠薄坡地，豆子是特产，绿豆、红豆、黑豆、带花纹的蚕豆，一到秋天，沉下心去山野里静听，就会听见豆荚在田野里炸裂的脆响。

此时，操场一分为二，空地那边孩子们在做操，另一侧则晒满牛草。那是范校长抽空割的牛草。范校长同样养着一头黑底白花的牛，奶牛。他的奶牛肉乎乎圆滚滚，垂着沉甸甸的奶子。他只喂它青草。他说，山野里的青草夹杂着山丹、柴胡、地丁花、蒲公英，是绿色食品。城里的大人物来小学校参观他的奶牛时，他吹牛说，他的奶牛是吃野生中草药长大的，结果，被村庄里的人笑话为"吹牛上税"。

谁让范校长和被叫作局长的大人物吹牛呢？局长来小学校检查撤点并校的事情，山里只剩这个只有三十几个学生的办学点，他是一直皱着眉头的。但他听到校长吹嘘"绿色牛奶"，立刻眉开眼笑说要尝尝。

局长尝过之后，就长期"试喝"校长的牛奶，再不肯买超市里的袋装奶。校长就常常翻山越岭进城送牛奶，去上"吹牛税"。不过，局长也没让校长空手回来，校长给小学校背回了各种教具，黑板擦、粉笔，还背回了电脑！电脑呀！

郑祺在班里个子最小。做操时，他是排头兵。

郑祺的动作有些夸张。他把海蓝色的背心穿反了。猫腰的时候，他故意站立着，这样，抬头的孩子一瞬间都会看到他背心上的人头。

"哞——"花奶牛叫了一声。这头花奶牛也是有名号的，每当课间学生们拿小茶杯喝牛奶吃营养餐时，范校长细长的眼睛都格外透出温情，他一手抚着花奶牛的前额，一手把着青草，亲切地叫奶牛"闺女"。花奶牛因此叫"范姑姑"。范校长一丝不苟的白发，咋看咋像个爷爷，他"闺女"当然是孩子们的姑姑了。

范校长没有陪着做操。他的手抚摸着牛背。"范姑姑"却不好好吃草，它不时朝郑祺嗅着，温和的眼睛还不时偷瞄郑祺。

郑祺把体操做成了舞蹈。

挨着他的是同桌女生，外号"小桃"。小桃比男生还黑，还淘。她的脸蛋像极了熟桃子，就被大家叫了"小桃"。为了让身后的二十几个孩子看得更清楚，郑祺在别人做腹背运动时做了个后仰的动作，小桃灵机一动，上手拉海蓝色背心，"咚"的一声，郑祺摔在地上。

"哞——"范姑姑大叫一声，向郑祺扑来……

那会儿，太阳照射着大地，空气里浮动着燥热的气息。

三

郑奶奶七十岁了。她的头发像秋天的干草。但干草长得有秩序，她一年四季用一块蓝毛巾扎住头发，阳光下，总是个干净利落的老太太。灯光下，她的头发才像杂草。整个村庄的人，只有郑祺看过郑奶奶乱蓬蓬的头发。奶奶耳聋，和她说话要吼，得像吵架一样大声。

郑祺在外边疯跑了两天。自从收到远方寄来的包裹，穿上海蓝色背心，沉闷的郑祺就变了个样子。

郑祺跑遍了整个村庄。村庄稀稀落落，百十户人家分布在十几处沟谷、坡沿。郑祺把所有人家都跑遍了。田野里有人的地方，就出现过郑祺奔跑的海蓝色身影。

七月初的太阳照着他。大人们远远地看着他。他大汗淋漓，全身湿透，不知疲倦地在风中飘扬。

晚上，喝过奶奶熬的绿豆汤饭，郑祺没有写作业，而是倒在炕上就要睡觉。

奶奶说："我的孙儿，你背心都脏了，脱了吧，奶奶给你洗洗。"

郑祺赶紧抱紧肩膀，紧紧搂住背心上的头像，冲奶奶叫："奶奶我不脏！"

"奶奶给你洗洗吧，天气又热又干，睡一宿背心就干了，明早就能穿！"

"奶奶你别给我洗，不脏！"郑祺怕奶奶抢走宝贝一样，把胸前的人像抱得更紧。

"唉——"奶奶叹息一声，她望着窗外的月亮，眼睛湿湿的。孩子这么喜欢这件新衣服，老人知道是啥原因。

郑祺头枕着奶奶的大腿，逐渐放松下来。他伸手给奶奶梳理头发。奶奶的头发像杂草。墙上有爷爷、奶奶年轻时的结婚照。

奶奶粗黑长辫，悬在腰际，温和的眼睛笑眯眯的。自己胸前头像上那个男人，也是笑眯眯的。

郑祺没见过爷爷，只见过他的坟头。

他的坟头不过是一个平常的土堆。奶奶每次去爷爷坟前哭过，头发就会变得更加蓬乱。

郑祺的小手想捋顺奶奶的长发。但孩子一不小心就睡着了。

白天，花奶牛"范姑姑"冲到他的面前，温软的舌头舔他的前胸，冒着呼呼的热气，一副多吃多占的贪婪样子……

奶奶在孙子睡着时想脱掉他的背心。

但郑祺把双臂抱得紧紧的，死死搂着胸前的人。山里的夜，没有风，闷得人心惶惶的。也许是额头的汗水沁入眼中，奶奶看着腿上的小人儿，眼睛怎么湿润了呢？

"哞——"隔壁牛栏里的赵四儿低鸣一声，让夜色多了些缱绻的味道。

四

郑祺的旗帜一大早就开始在村庄里飘扬。

"七奶奶！"他在石巷里拐弯时，差点儿撞翻拄拐杖的七奶奶。七奶奶的闺女在北京的大学里当教授，那根竹拐杖是闺女去庐山开学术会议时买的，下山后特意寄给了山区里的老娘。

"哞——"花牤牛赵四儿也在街上跑。它紧紧跟着郑祺。

石板路上发出脚板的噼啪声和牛蹄的呱嗒声。

"赵四儿你不许跟着我！"花牤牛差点儿撞到七奶奶，郑祺怕花牤牛闯祸。

"哞——"花牤牛一步步紧随郑祺，一点儿也没有远离的意思。

"你跑不过我！"郑祺并不真想赶走赵四儿，有花牤牛相随，多引人注目呀！

小桃也加入了奔跑的队伍。她追在花牤牛的身后，扬着手中的柳条，催赵四儿跑快些，再快些。

"小桃你别追我，我是男生！"郑祺边跑边警告牤牛后边的女孩。

"小桃你别跟着我，你平时总骂我和孙猴子一样，是石头里蹦出来的。"郑祺边跑边发泄不满。

"小桃我要脱衣服了！你再跟着我，我要跳河游泳了！"郑祺跑得大汗淋漓。

他终于拉开了和小桃的距离。巴什罕河已经白亮亮地摆在面前。

"嘎嘎——"几只喜鹊在河边的小树林里大叫。郑祺在跳入河水之前，脱下了海蓝色背心。他要把背心挂在树上。他抛惯石头的手一扬，海蓝色的背心就挂上了树枝。树枝撑起背心，像举着一面旗帜。

旗帜上的人温柔地看着郑祺。

郑祺在两人亲切的目光注视下，跃入凉沁沁的水中。他要让那两个人看看，他蛙泳和潜水的姿势有多帅。

花牸牛翕动鼻翼，看着树枝上的旗帜，高高仰起头来。正巧那树枝十分茂盛，低枝连着高枝，低枝正好与牛头等高。

"哞——"赵四儿的嘶鸣声引起了河滩上吃草的范姑姑的共鸣……

五

温柔的水流把郑祺包裹起来。燥热离他远了。

他像鱼一样潜入水底，看柳树根儿泡在水里，特别像人参泡在七奶奶的酒瓶里。

浪花在肚皮上滚过，郑祺玩大肚漂洋，他听见了浪花的笑声。

夏天的燥热像上学期一样远去，放暑假了！郑祺多想出门远行呀。据说，孩子可以托运。从这边火车站上车，一路上有列车员照看着，到终点后再由家长接走。

郑祺多想坐火车，穿过城市、乡村，去他出生的地方！

他出生在深圳。爸爸在深圳打工，认识了外省的妈妈。他们在同一个工厂里打工。两个相爱的年轻人生下了他。爸爸、妈妈住的宿舍只有几平方米，又三班倒腾着打工，没办法，郑祺刚刚满月，爸爸就把嫩芽一样的婴儿送回了千里之外的辽西老家。

四天前，这件海蓝色背心邮到了山村，郑祺终于搂紧了爸爸妈妈！

爸爸！郑祺大叫一声。

妈妈！郑祺又大叫一声。

也许是浪花打疼了眼睛，他的眼睛怎么又咸又涩呢……

六

小桃在郑祺跃入水中的时候，被喜鹊的叫声吸引住了。

喜鹊在和一群鸭子吵架。

鸭子们霸占了一条小河汊。

河汊里边多的是迷途的小鱼小虾。

山村里的青壮年都去远方的城市打工，老人和孩子们任凭鸭子在河汊里野生，不管是谁家，缺菜了就去河边的草丛里寻找几枚鸭蛋。

吃饱喝足的鸭子总是吵吵闹闹，打扰喜鹊的睡眠。

小桃看几眼水里时隐时现的男生，淘性大起。她去草丛里捡了几枚鸭蛋。鹅卵石被太阳晒得滚烫，小桃要在石头上做煎蛋。她打碎蛋壳，"吱啦"一声，河滩上飘扬起鸭蛋的香味。

"郑祺，郑祺，开饭了！"小桃冲河里喊。小桃把香喷喷的鸭蛋在石板上煎熟时，郑祺已经饿得肚子里蹦蹦跳跳好几只小青蛙了。

他湿淋淋上岸，奔向了蛋香。河边上飘扬着两个孩子的笑声。

"郑祺你有爸爸妈妈！"小桃满眼都是羡慕，"郑祺我向你道歉，你爸爸妈妈要你，你不是野孩子。"

"当然。"郑祺边吃边答，心里满满的自豪。

"你爸爸妈妈在大城市，郑祺你也会去吧？是不是去了就不回来了？"小桃羡慕地问。

"怎么会不回来呢？这里有奶奶。"郑祺的小白牙上粘着蛋黄，嘴角滋润着鸭蛋油的光泽。

"你爸爸妈妈真好，他们想吻你。"女孩的话里有羡慕，也有伤感。她的爸爸妈妈在省城打工。春天，他们在小学校信号断断续续的电脑视频里一闪而过，算来已有六个月零八天没有音讯了。

啊，爸爸，妈妈，你们像旗帜一样高高飘扬！

郑祺想，自己要让村庄里所有人都知道，爸爸妈妈是想着自己的！自己是个有爸爸和妈妈的孩子！

一阵风滑过肚皮，郑祺忽然感觉到自己没穿背心。背心，那是代表爸爸妈妈的旗帜！可是，旗帜哪去了呢？爸爸呢？妈妈呢？他们身后的大海呢？那个深情的大大的"吻"呢？

高高的钻天杨上只有灰绿色的树叶在哗啦啦响，树干上的眼睛都是无辜的表情。牯牛赵四儿在草地上吃草，一点儿也不像干了坏事的样子。

鸭子在河汊里呱呱叫着，喜鹊嫌弃它们没有长远目光，早就飞翔成蓝天中的逗点儿。它们从容自然的样子，一点儿也不像小偷。

"妈呀！"郑祺大叫一声，河滩上响起一个孩子撕心裂肺的哭声。他的海蓝色旗帜，上面沾满爸爸妈妈的味道，穿在身上仿佛爸爸妈妈紧贴着他；他在夜里呼吸着爸爸妈妈的气息，在梦里也紧紧拥抱着他们，他们则在梦中亲吻他的脊背。奶奶要给他洗涤汗水反复腌渍过的背心，他担心把爸爸妈妈的味道洗没了……可是，那面飘扬着慈爱目光的旗帜，不见了。

七

大人们被孩子的哭声惊动了，他们放下手里的活计，从四面八方赶了过来。

孩子的哭声尖锐，锋芒毕露。先是男孩郑祺的哭声，接着是女孩小桃的哭声，男女二重唱，一唱一和。"爸爸呀——""妈妈呀——"两个孩子越哭越伤心，他们仿佛被抛弃的婴儿，带着满腹的委屈与压抑许久的想念。

"孩儿呀——"耳聋的郑奶奶不知道孙子身上发生了什么事，和七奶奶拉着一根拐杖，跌跌撞撞跑到河边，把男孩女孩搂在怀里。

范校长比较镇静。他看见郑祺尚湿漉漉的短裤，就大概明白了孩子们大哭的原因。十几个大人，其实是十几个老人——连范校长也到了退休的年龄，大家纷纷沿河寻找，但向下游追了两千米，也没能捞到郑祺的海蓝色背心，更没看到背心前面的头像，也没看到背心后面那个大大的"吻"字。

河里满是乱石，下游水流又平缓，背心不至于被冲到很远的地方，失望的人们议论纷纷。郑奶奶紧紧抱着孙子，郑祺眼中有绝望，更有期待，他小小的身体瑟瑟发抖。

范校长一直沉默，他始终盯着河滩草地上若无其事的牤牛赵四儿。

赵四儿似乎得到了偌大的满足，它淌着哈喇子，不停地倒嚼。它还不时地发出叫声，向河对面的花奶牛范姑姑摇晃着尾巴。

"啊，快拴住赵四儿！"范校长大喊一声，他跌跌撞撞地跑向驼背二大爷的红豆子地。

地边的草丛里，躲藏着几棵鬼鬼祟祟的巴豆秧子……

八

巴豆秧子还是青稞子，药效并不那么足。牤牛赵四儿吃下一大捆豆秧后，日落时分才产生药效。

牤牛先是"轰、轰、轰"放了一串响屁，接着一串稀屎射向了不远处的几只凑热闹的鸭子。郑祺的海蓝色背心随牛屎一起排出，糊在一只鸭子身上。鸭子吓坏了，"嘎嘎"叫着往树林里跑去。

郑祺"嗷"地叫了一声，他从奶奶怀里射了出去，一个前扑，把鸭子压在了身下，前胸糊满热乎乎的牛屎。他抱过沾满牛屎的背心，跑到河边，一个猛子扎到了河水里。

老人们谁也没回家，在河滩上拢起了篝火，烧鸭蛋和青苞米、毛豆当晚餐。

范校长则神采奕奕，像大侦探一样推理："没错，孩子穿上背心就没脱过。这孩子跑呀跳呀高兴呀显摆呀！大热天，得出多少汗呀！孩子得多想爸爸妈妈，才睡觉都不肯脱衣服！这件小背心湿了干，干了湿，都汗透多少回啦！"

范校长的话引起了共鸣，老人们纷纷感叹生活的不易与天气的燥热。几个老人也许是想起了漂泊的亲人，忽然沉默下来。

"孩子的背心汗湿了多少次呀！你们知道小背心啥味吗？腌咸了！"范校长继续自己的推理。

"噢，牛需要打碱！这牤牛、母牛都撵他，是他身上咸味闹的呀！"驼背二大爷感叹道。

人们赞叹过范校长推理的正确后，更多地想起了寄放在家里的孙子、孙女。明明灭灭的篝火映照下，跌跌撞撞的影子在月光下碎了一地。

郑祺在巴什罕河里反复洗涤他海蓝色的背心，水花在夏夜的月光下迸溅。

普通的背心，腈纶的，工厂发给工人的文化衫。虽然它在遥远的深圳那么普遍，但在辽西大山里的村庄，在一个八岁男孩心里，它却像飞扬的旗帜一样神圣。

耳聋的郑奶奶总以为孙子听不见，大声喊道："祺儿，回家吧，回家吧！"

郑祺手中的背心，几乎变成了一张渔网！背心虽然洗净，但上面没了来自远方的味道！虽然牛的倒嚼无法把腈纶嚼烂，牛的胃也无法消化化学产品，但那面旗帜像激荡的浪花一样，碎了。

孩子光着膀子，那件背心被他用树枝高高挑着，像挑着一面无法愈合的战旗。

郑祺牵着聋奶奶，一老一小，一起走向那个老旧的家。

老屋浸泡在白惨惨的月光里，像一座斑驳的废墟。爸爸舍不得花路费探亲，他说，他要挣许多钱，将来给儿子翻盖一座崭新的大房子……

九

范校长的电脑上网卡信号不稳。好不容易打开了视频，屏幕上一个微胖的妇女喊了一声儿子，就哭得稀里哗啦。

"别哭了，赶紧回家吧，咱这儿绿水青山就是金山银山……"范校长满嘴报上读到的新词儿。

"回，回，这就回。"闪着雪花的屏幕上挤过来的一个男人哭着拼命点头。

郑祺看见妈妈、爸爸的那一会儿，反倒一滴泪水没掉，只喊了一句："妈妈!"电脑就失去了信号,屏幕上飘满了雪花。

从此,山里边多了一道风景。巴什罕河边高高的白杨树上,一面海蓝色破背心在高高飘扬。

背心上的头像已面目全非,背面的"吻"字更惨,没了"口"字旁,只剩下了半个"勿"字。背心在风中抖动,虽千疮百孔,却仿佛经过了洗礼一样。

牤牛赵四儿自从吃了背心,总赖着郑祺。它常常陪孩子站在山坡上,看着蜿蜒的山路从锯齿样的远山上飘来,更多的时候,牛与人都沉默不语。

偶尔,牤牛赵四儿仿佛有感而发,也会突然嘶吼一声:"哞——"

碧空下蜿蜒的去路与归途,都显得辽远而苍茫。

盲　琴

一

那个人出现在我们视野时，最初只是一个灰色的影子。太阳在头顶照耀，四面环围的山峦没有阴影，苍黄的颜色给人干燥的感觉。没有喜鹊或者乌鸦在空中飞掠而过，村庄宁静而空旷。我们在做古老的游戏：打瓦。失败的定子正跪在地上，任凭胜者的拳头在背上擂出太平鼓的闷响。

定子说："假丫头，你砸狠点儿，好像挠痒痒似的没意思。"

假丫头说："定子，是你愿意，我可狠劲儿砸了。"袖子在鼻子下抹了一把，他黑棉袄的袖子已结成油光光的硬壳儿。

太平鼓闷闷的响声加重也加快，定子"咯咯"地笑了起来，说："假丫头，你这样才像个老爷们儿，一会儿我砸你也这样。"

假丫头慌了，停止动作，说："别，别，定子我怕疼，我不像你，铁打的一样。"

定子最爱听人说他是铁打的。定子有病，说不出来的病，只听大人们说那是绝症。可定子身体健壮，比我们任何人的腰都粗，膀都阔，个儿头都大，拳头都硬。可定子身患绝症。他听了假丫头的话，又"咯咯"地笑了。假丫头不高兴了，说："定子，你别让我砸了，我不砸你。"

定子说："可我还没过瘾。"

假丫头几乎带着哭腔，说："定子，我不砸你！"

定子不再吭声，跪着不起来，头仰着，向无遮无拦的村外望。他这一望，就发现了那个灰影儿。

"山上有个啥物？"定子说。

我们全向西面的山坡望去，果然，土黄的山坡上，泛着白光的山路上有个灰影儿，正缓缓地向山下蠕动，像一只甲虫。

"是一条毛虫。"定子说。

"是一条毛虫。"假丫头帮腔说。和定子在一起，假丫头就没有嘴了，定子说什么他说什么，好像他的嘴是定子的。

可那是一个人。我们都很清楚，分清是人是虫是很容易的。定子总是爱把一些事公开说错，等待人来附和。

"他会进村的。"定子说，这一点我们认为很对，因为四面山上的路，都只通向我们的村庄。大家放弃那种古老的游戏，在阳光下晾晒自己蜷缩在脚下的影子，呆呆地望着村口的那盘废碾碨。灰色的影已在坡上消失，现在肯定正运动在沟塘里。

"他会进村的。"定子说。他打了声口哨，一匹驴驹般大的黑狗在土路上刨一溜烟蹿到定子前，嗓子里发出"呼噜呼噜"的声响，绕定子的身前身后转，尾巴用劲儿扑摇着。每次村里来陌生人，定子都会把狗唤过来，看狗张牙舞爪咆哮，看人惊慌失措的狼狈样子，我们笑得开心，都尽量把咬苞米饼子嚼咸菜疙瘩的嘴巴咧得大些，再大些。这是定子发明的游戏，尽管被大人们深恶痛绝。

可是，过了好长时间，碾碾前并没有出现那灰色的影子。大黑狗已等得不耐烦了，见主人并没啥指派，几次悄悄地溜走，却都被定子一声很有威慑力的吆喝唤回来。

"他会进村的。"定子说，假丫头马上附和一句。不过声音很轻很轻。我们都有些失望。阳光照在村巷里，灰色的房屋像一些腐朽的草垛，再也散发不出新鲜的气息。哪家的猪在闹槽，哼哼唧唧的声音令人疲惫。定子已咬了几次牙。定子咬牙以后，都会让大黑狗攻击得更猛烈。我们相信今天的游戏肯定会更加精彩。

"他会进村的。"定子说。假丫头没有附和，倒是谁家的母鸡"咯嗒、咯嗒"地叫了起来，让沉静的村庄有了些生动的气息。

"回去吧。"有人说。可定子没有动，我们就没有动。日头已开始往肩膀上倾斜。起风了，村巷里刮起干燥的黄尘，我们不得不时常眯会儿眼睛。

"是一条虫……"定子说，我们听得出他自己已经动摇。大黑狗夹着尾巴，蹑着爪垫儿溜走，他没有吆喝。我们都懒懒地想扭身回到各自家低矮的泥屋时，一种声音飘入耳孔。大黑狗又"嚷"地蹿了回来，冲村口兴奋地吠叫。可是却没有那灰色的影子，只有青白色的老碾碨悄悄蹲伏在村口，凝然不动，像一个古老的象征。

那自村外飘来的声音却更响。先是风刮草丛一样，把人紧紧裹住，草叶摩擦，窸窸窣窣。然后是落叶飘零，呼呼啦啦。风声时紧时缓，时高时低。陡然一声树枝折断的脆响，风声消失，倒有什么鸟叫了起来，一声一声，清丽婉转。开始是一只鸟，然后是两只鸟，最后是一群鸟。鸟争吵一会儿，歌唱一会儿，飞翔一会儿。我们的心被那鸟声紧紧抓住。定子啥时已带头悄悄向村外走去，我们都跟在他的后面。大黑狗撒欢蹿跃，兴冲冲跑在最前面。

走过废碾碨，我们就看见了那个灰色的影子，自然不会是啥虫儿。那影子安静地坐在土坎儿上，背对着村庄，正在专注地拉琴。我们同时看到，那是一个和我们一般高矮的男孩。

二

"你们来了。"拉琴的男孩说，好像他已等了我们好久。他的声音有点儿侉声侉气的。只见他手指在琴弦上狠劲儿一弹，闹喳喳的鸟群"轰"的一声飞散了，空中悠悠地飘下零乱的羽毛来。大黑狗嗓子眼儿发出"呼噜、呼噜"的声响，但它并没有攻击，因为定子的手正搭在它毛茸茸的腰上。

琴声彻底在空中消失。拉琴的人说过话，并不回头，我们只能看到他的脊背。他穿着脏兮兮的灰衣服，头发乱糟糟的，好像刚从草窝里爬出来。他屁股上是一个同样脏兮兮的行李卷儿。阳光照在那柄怪模怪样的琴上，他一动不动。

"你怎么知道我们会来？"定子问。

"嗨，我到哪里都有人迎我进村。"男孩说。

"就因为你会弹几下破琴？"定子问，我们看见他的手正从狗宽厚的背上抬起。

"难道我的琴声不好听吗？"男孩说。

"嗯！"定子竟然点了下头，手又按在狗背上。

"还想听吗？"他神气地问，身体仍一动不动。

"你，是叫花子？"定子问。

"不，我是琴师。"男孩自豪地答。

"你从哪来？"

"从来的地方来。"

"到哪去？"

"到去的地方去。"

"你叫什么名？"

"名是什么？一个代号吧，我没名。"

"可我们不知道你是谁。"定子说着，手在狗光亮的皮毛上捋动着。

"我就是我。"男孩答。

"怎么招呼你呢？"

"叫我琴师吧。"男孩的手动下琴身。

"琴师，我想放狗咬你！"定子口气一变，恶狠狠地说。

"放呗。不过，多凶的狗都怕我。"男孩大咧咧地答。

定子的手突然在狗背上挪开。大黑狗脖子上的黑毛挓挲开，"嗷"的一声扑向那灰色的背影。我们的头皮为之一麦。

男孩并不动身，狗喷出的热气几乎喷到他脖颈时，只见他手在琴弦上一弹，我们猛然听见一声撕裂的巨响，震得耳根子发麻。大黑狗"嗷"地叫了一声，夹着尾巴逃了回来，冲那人"汪汪"吠叫，却再不敢攻击。

"大黑，上！"定子吆喝。可大黑往前扑几扑，又惊恐地蹿回来。

"我咋说的？多凶的狗都怕我，对不？"男孩得意地说。

定子突然"咯咯"地笑起来，说："琴师，你是我定子见到的最有种的人。"

"定子是什么东西？"男孩轻蔑地问。

定子竟然没有生气，而是笑嘻嘻地说："定子是一个铁打的男子汉！"手在厚实的胸膛上擂了一拳。

"好吧，我该进村了。"那男孩说着动下身，我们面前站起一条细瘦的影子。他说："我饿了。另外，还要有间屋。"

"住我家。"定子说。

"我从来不在谁家住。我想要间空屋。"男孩说。

"嗯——"定子打个沉儿，说，"空屋有，是废碾坊，不过那里吊死过人，你敢住吗？"

"嗨，死人比活人还可怕吗？"那人大咧咧反问。

定子不再答话，而是对我们说："假丫头回家拿饼子，要新烙的；喜子去拿咸菜，我拿盆儿。"安排完了，对那细瘦男孩道："琴师，你可以进村了。"

那个男孩缓缓扭过身来，我们看到一张丑陋的脸，全都大吃一惊。

——那个自称是琴师的灰衣男孩，是个瞎子。

三

定子不许我们叫灰衣男孩"小瞎子"，让我们叫他"琴师"。

琴师住的废碾坊在村子最东头。那是座破烂的土屋，有碾盘的外间已经坍塌，但有土炕的那间却是完整的。定子指挥我们用席片把破烂的窗子堵严。搂些草末子把火炕烧热，狭窄的房间就飘散出人间烟火的气味。

琴师吃过定子摊派的菜饭，天就黑了下来。我们都准备离开那座小屋。假丫头却恋着不动，说："琴师，这屋真的吊死过人。"

"那又怎样？"琴师侉声侉气地反问。

"横死的人是要变成恶鬼的。"假丫头说话的声音有些打战。

"你看见过鬼吗？"琴师问。

"没有。可大人们说，有鬼。"

"人死如灯灭。我连活人都不怕，还怕死人吗？"琴师不以为然地答。不过，他翕动几下扁扁的鼻子，深陷的两只眼窝也动了几下，说："这屋里住过黄鼠狼。墙基里有两条蛇。"

我们都被他的话吓了一跳。秋天，的确有人看见蛇在屋门前石板上晒太阳。假丫头忙问："你咋知道的？"

琴师并不正面回答，只是说："可那蛇正在冬眠呢。"说着，又翕动了几下鼻翼。

定子一直沉默不语。大家围着琴师，他在人圈之外。他最先站起来说："好啦，好啦，我们走吧。"我们就都随定子走出来。天暗暗的，村庄里的炊烟已经飘散，有星星的天空干净而又深远。我们默默地走着，悄悄散进各自的家门。夜里，便有了共同的话题。大人们开始还怪我们多事，可一听是定子收留的，便叹一声："这孩子呀！"算是默默认同了我们的做法。

早晨，我们被鸟鸣声从梦中唤醒。不知那是什么鸟，一会儿高飞，一会儿栖落，成群结队在村庄里飞翔。村庄里没有高树，除了栖息在各家屋檐、墙窟里的麻雀，没有别的鸟。我们愣怔了一会儿，马上就明白，是琴师在弹琴。于是，各自从低矮的屋檐下走出，不用召唤，就汇集到废碾坊，在此之前，我们都躲那破败处老远。如今琴师一夜平安，吊死过人闹鬼的事自然被证明是空话。

琴师已吃喝完了，是定子送来的饭食。他在土炕上端坐，琴声正是从他怀里响起，一声一声，钻出窗孔，在村庄上空鸣响。

我们都静静地盯住琴师和琴。

那把琴很小巧，紫檀色琴身布满蛇皮一样的花纹，琴头是

一匹怪兽的脑袋，我们从未见过那种动物。弦是三根，被五根
细长的手指弹得微微颤动。琴箱形状如一个猪尿脬，几乎是透
明的。我们都不知那是什么乐器。琴师面色平和宁静，窄窄的
瘦脸上，深陷的眼窝干瘪空洞。他的鼻翼不时翕动，仿佛在嗅
什么异味。最奇怪的是他零乱长发未掩严的两片扁耳朵，竟能
随鼻翼的动作而抽搐。定子坐得离他最近，盯着琴师的眼睛明
亮又潮润。

最后，琴师食指一弹，村庄上空的鸟便无影无踪。

我们全看得目瞪口呆。

"好听吗?"琴师问，我们看见他上牙有颗白色的犬齿。

"噢——"大家舒出一口气来。

假丫头跃跃欲试，探手去摸琴。琴师却用手一挡，拨开假
丫头梆硬的衣袖，吆喝道:"去!"那么准确，仿佛看得见一
样。假丫头讪笑着，定子不满地瞪了他一眼。

琴师活动活动脖子，问我们道:"我没有白吃饭吧? 我从来
不白吃饭，一艺在身，走遍天下。"口气十分高傲。

"你走过好多地方吗?"假丫头又抹下鼻子，问。

"当然。"他自豪地答。

"城市，你去过城市吗?"

"当然。"

"你去过城市?"假丫头小小的眼睛睁得很大。

"城市算什么。北京，我去过北京，北京可是首都啊!"琴
师说。

"你去北京也是被请进村的？"

"那不是村庄，是首都。"琴师没等我们再问，他已喋喋不休地说开了，"你们走过柏油路吗？很光滑的，平展展，和跑冰一样，我在上面很快地跑，吓得汽车直叫唤。"他嘿嘿笑了几声，又道："你们看过大海吗？看过沙漠吗？你们什么也没看过，你们真可怜。"

"住口！"定子忽然吼了起来，他的眼睛瞪得挺大。他瞪眼睛的时候就是要揍人了。

"可你们的确哪里也没去过呀！"琴师轻蔑地说。

"可你去过那么多地方又怎么样呢？你看得见吗？"喜子气哼哼道。

"喜子！"定子吆了一声，不让他再说。

"嘿嘿，你以为看什么一定要用眼睛吗？你们错了。"琴师对喜子的话并不在意，他说，"我是用心在看。"见大家都不吭声，他又问道："往东去，有座金代的塔，你们知道吗？"

我们知道，但我们没去过，大家便都不回答。琴师道："我知道，但我没去过。不过，我很快会去的。"

定子的脸已变得紫涨，他突然站起身，说："咱们走！"我们都随他出屋。定子的牙关紧紧地咬着，他一步一步走得很快。走到我们每天玩那种古老游戏的地方，他站住了，说："我们打瓦吧。"可是谁都玩得不开心。定子总是输，让胜者狠劲儿砸他的脊背。当然，他砸别人的时候也十分凶狠，假丫头就让他砸得掉了眼泪。

突然，定子说："我们哪也没去过，知道有塔，我们谁也没想过去看看。"他把瓦片丢开，望村外的远处。远处是苍黄的山峦，在灰蓝的天空下无边无沿。而东方跌宕的土色中，就立着一座塔。

这时，村东的废碾坊又响起了琴声。这回不是鸟鸣，是水声，让人想起远方的巴什罕河。燥热的夏天浪花飞溅，鱼儿逆水而上，在湍流上一蹿一蹿，摆动红色的鳍。水清冽冽，凉沁沁，让身心燥热的人想奔跑而去，边跑边脱衣，到岸边，一个猛子扎进去……

定子说："摊派饭菜吧！"说完，又向碾坊走去。

琴师说："我知道你们肯定会来的。"他充满信心，那张面对我们的丑陋面孔得意扬扬。

四

我们渐渐离不开废碾坊。琴师轻视我们，但我们又离不开他。他讲的故事让我们觉得遥远却又亲切，陌生而又新鲜。他的琴声总是像水声一样淹没我们。可他绝不对我们任何人亲近，更不许任何人碰他那把古怪的三弦琴，包括定子。他同样瞧不起定子。

那天，定子终于和他翻了脸。

我们正在打瓦，又是定子在接受惩罚。他跪在土中，没好气地说："假丫头你狠劲儿砸呀，狠劲儿砸！"假丫头已经使出了最大的劲头，他简直要累哭了，说："定子，我砸不动了。"
定子仍吆喝："你赢了，你就得砸我，你砸呀！"

不知何时，琴师来了，站到我们背后说："嗨，用拳头砸有
什么意思，用石头砸吧，伙计们。"阳光照在他丑陋的脸上，照
出讥讽的神色。

"男子汉大丈夫，刀砍都不怕。假丫头你用石头砸吧！"定
子说。假丫头简直落泪了，叫："定子！"

琴师却"嘿嘿"地乐了，耳朵一动一动的，道："你算什么
男子汉？大丈夫该读万卷书，行万里路，可你呢，无非是不怕
挨揍。"

"你！"定子霍地站起身，眼睛火火地盯住琴师。

"怎么，我说得不对吗？"琴师侉声侉气又阴阳怪气。

"可你——"定子想说啥，但嘴动着，没有声音。

"我怎么了？弹的是琴，卖的是艺，走的是路，挣的是生
活。"琴师说完，一步一步向村东走去。他怀抱着琴，无须拐棍
走路时却不跌跌撞撞，看他的背影，谁能相信琴师是个瞎子？

定子打了声口哨，大黑箭一样蹿了过来。定子吆喝："大
黑，上！"可大黑狗望望灰衣人，冲上几步，不上了，只"汪
汪"吠叫。定子上前，猛地踢了它一脚，狗"嗷"地惨叫一声，
逃走了。定子冲那灰色细瘦的男孩喊："我会做件大事给你看
的！"琴师并不回答，只在干燥的土地上走自己的路。

定子又去望村外绵延跌宕的苍黄色山峦，好久，才说："我
们是白长一双眼睛了。"我们头一次看见他如此沮丧。

五

定子说："我们去看塔吧！"于是定子领着假丫头、喜子和我组成了一支小小的队伍。

走出古林破旧的村庄时，日头还没有出山，天地间一片朦朦胧胧。琴师是从西方来的，我们迎着太阳升起的方向走，一定要走到琴师的前面去。本以为行踪保密，谁知，我们走到河洼处时，一个灰色的人已经站在面前的路上。是琴师。

"你们别去了。"琴师说。

"躲开！"定子冷冷地说。

琴师窄瘦的脸面向天空，说："天要下雪啦。"

我们望望天空，见东方正泛出一片红色，没有云彩。定子冷冷地道："下雪也挡不住我们。"

琴师说："咱们结伴吧。"

"我们不想拖块坠脚石。"定子说。

琴师翕动鼻孔，无奈地一笑，身体从窄窄的土道上挪开。擦过他身边时，定子说："你的吃喝我已给你摊派好了，你等着我们回来听我们讲塔吧。"他大步前去，头也不回。我们都不回头，都不看琴师。

忽然，大黑狗追了上来。定子捡起石头，向它砸去。自从那次和琴师吵嘴，定子再不要大黑狗左右相随了。狗犹豫了好一阵儿，才蹲坐在土路上，呆望我们远去。

我们走在山地间，翻过一座又一座普通得面孔几乎一样的土色山峦。日头升起来。我们的身影由长变短，又由短变长。当那座传说中很著名的塔在我们视野里出现的时候，日头正沉向远处跌宕的山峦。

塔是灰色的建筑，在一座很平常的土丘上崛起，十分醒目。我们登上脚下这座高岗，那塔就伫立在对面的坡上。十几只乌鸦在躁躁地叫，一匝两匝，绕塔飞。终于看见塔了，我们却一点儿也不激动。

"那就是塔。"定子说。

"塔就是这个样子。"假丫头说。

"可我们看见了塔。"定子说。

我们在山岗上坐下，并没有走过去的愿望，就隔着并不陡峭的沟谷望塔。直到红日沉落，夜幕降临，我们谁也不想挪动。

"这就是看塔。"定子说，"琴师就是这么走着，走来走去。可他啥也看不见。"他停了停，又说："我真佩服他了！"我们不知道定子怎么说出这样的话来。

"啊——"假丫头叫了起来。我们抬头，看见身后的天空阴云密布。起风了，光秃秃的山地飘荡着呛人的土腥味。我们全站了起来，呆望乌云淹没星光，染黑天空。

"琴师说，天要下雪……"定子喃喃地说。

"他知道天要下雪，"假丫头说，"他耳朵会动，他不是人。"

定子没吱声，已迈开步子，往家的方向走了。我们跟着他，谁也不想回头再看看那吸引我们遥遥奔来的灰塔。事实上，那塔已经看不见了，灰色的身躯已完全湮没进幽幽的黑暗里。

乌云加快了夜晚来临的速度，天地间很快混沌一片。黑色浓稠。隐隐的，有冰凉的片片碰脸，落雪了，伸出舌尖，能舔到雪的腥甜味。这个冬天干燥无比，迟来的雪让山地间弥漫着湿润的气息。

我们很快就意识到了处境的危险。路本来浅浅地隐在草丛里，蜿蜒曲折。很快，雪就把隐隐约约的路径淹没得和生硬土地一样平常。当我们又翻过一座山包的时候，再也不知该选择哪个方向。

假丫头最先打破了沉默，叫："定子!"

定子在黑暗中和我们一样沉默，冬天的寒冷以风雪的方式袭击我们。我们都等着定子说话。

"我佩服琴师，他可是总和我们现在一样。"定子却说了句不着边际的话。

"咋走啊，定子!"假丫头哭咧咧地说。

定子喃喃地说："假丫头，你们真应该狠狠砸我!"

雪打在脸上，可我们麻木的皮肉已感觉不到冬天的滋味。我们迷路了，迷失在苍茫无边的寒冷的冬夜……

六

后来我们终于回到了村庄，是一只鸟给我们引的路。

那鸟在夜空中乍然"咕咕"叫了一声，那样熟悉，又那样亲切。我们同时明白，那是琴师的琴声，忙冲着黑暗喊："琴师，琴师！"没有回声，只有鸟的叫声在不远不近的地方响起。

"走吧！"定子说。

鸟声在运动。我们跟随着鸟声，在雪地上一跌一滑地走。鸟声总和我们保持距离，亲切却又遥不可及。

假丫头说："他一直跟着我们。"

喜子说："他怎么识路呢？他没有白天。"可没有白天的人，当然就没有黑夜。

"他鼻子会动，耳朵也会动，他不是人。"假丫头说。

"住口！"定子低沉地吆喝。

鸟声在前面。我们在新鲜的雪地上印下疲惫的脚印，循了鸟声，爬坡，下岭。雪地幽幽泛白，却寻不见琴师的印迹。可他明明就在我们前面，怎么会不留下印迹呢？鸟声时而激越，时而清丽，时而低沉，时而婉转，像路一样或者起伏，或者曲折，或者平展，或者坎坷。对我们来说，那鸟声更相当于暗夜里的火把，引我们寻找归途。

当鸟声陡然消失的时候，我们发现，面前就是熟稔的村庄。定子领我们直奔废碾坊，可里面空空荡荡，并没有琴师的影子。

天明的时候，远山远地一片明晃晃的白。天放晴了。我们走出村巷，雪淹没脚背，嘎吱嘎吱响。雪地却平平展展，我们找不到自己进村时的脚印，更没有琴师的脚印。风雪把一切都淹没了，就像什么也没有发生一样。

琴师自此在村庄里消失。很长时间以后，我们甚至怀疑，是不是真有一个自称琴师的男孩来过我们的村庄。

那个冬天以后的日子很冷，我们不再玩那种古老的游戏。每天，大家守在村巷里，呆望四面环围的雪山，耐心地聆听雪在阳光下吱吱消融的声音，直到山地又露出本来的面目。

春天，定子死了，死在青草发芽的时候。他死的时候十分平静，只是反反复复地说："塔，我看过塔，我看过塔。"看塔的经历成为他生命中唯一的一次远征。

后来，我和假丫头他们一同去邻村读书，新崭崭的学校是好心人捐钱建的。我们几乎比同班那些鼻涕娃高半截儿，他们该叫我们叔叔。但我们不害羞，因为无知比什么都让我们羞愧过。

上学下学，总要经过定子的坟包。

他的坟包像遍地土丘一样平常。

夜 道

月光下，身底的路白晃晃地向前蜿蜒。

小白驴性急，出了村口就撒开蹄子奔，一路上毛驴车撞出"哐啷、哐啷"的响声。

刘边瘦小的身体裹进破大衣里，斜倚在车沿的枣口袋上，腿压腿悠搭着脚，手握的枣木棍不时轻松地晃那么几晃。不用吆喝，小毛驴四蹄"叮呱、叮呱"一路紧敲，刚个把时辰，已出村十几里路。

夜真静。没有风，四下里一片迷蒙的白。半轮月已西倾，远处淡蓝的群山朦朦胧胧。刚进九月，田里立着清幽幽的庄稼。偶尔，几只萤火虫轻悠悠在车前溜过，又倏地在叶片后熄灭。四下环顾，远远近近的村落悄无声息，没有灯光。偶尔传来的三五声狗叫，也带着深夜的疲倦。

刘边忽然打了个哈欠，"啊——哈——"好长，好痛快。他直起身，手摸索着去口袋里捏烟末，抖抖索索卷了一支喇叭筒烟。摸过火柴，"嚓"地划亮，四下里乍然一黑。猛一吸，吐出一大团浓浓的舒惬。那猩红的光亮便不时地一闪一闪，逗得几只萤火虫扑闪闪地飘来。

刘边才十六岁，却有着十年烟龄。那时亲爹还活着。亲爹是个温和又高大的汉子，烟抽得极凶，一张田字格本纸，只够他卷两支烟。小时亲爹就逗刘边抽一口抽一口的。他说，不会抽烟的男人，算不上汉子。难怪刘边两排整齐的牙齿给熏得焦黄。今天，他是进城去卖枣，驴车上的六七条口袋，鼓胀胀装满红灿灿的珠子。

小毛驴打了个响鼻儿。刘边挥下棍，蹄声加快了频率，"叮呱、叮呱、叮呱、叮呱……"，挺有韵律的。

刘边忽然有了唱歌的欲望。这辽西山地的孩子有两大特点，一会抽很冲的蛤蟆烟；二会吼很野的山歌。随着一口辣辣的烟，出口的竟是句酸溜溜的：

大花公鸡上草垛，
没爹的孩子不好过。
跟猫睡，那个猫挠我，
跟猪睡，那个猪拱我……

烟头亮了下闪，歌声与烟一齐吐出口：

太阳出来那个晒晒我，

月亮出来那个照照我，

劝妈别把那个后爹找，

找了后爹我呀更难活……

那歌本是哀怨绵长的，却被刘边一字一顿慢吞吞地唱着，自然走了味。他那悠搭的腿一甩一甩，给自己的歌打着拍子。

突然，刘边"哎哟"一声，一抖手，竟是烟头烧了手。

"哈，臭小子，你倒是唱啊！"车厢里传出句沙哑的骂声，刘边惊愕一下，猛然记起，后爹原本在车厢里。打上了车，后爹就没吱声，睡着了一般。后爹并不动。刘边知道那唱并没真惹后爹生气，就尴尬地笑了一声，道："嘿嘿，我是唱着玩呢！"他回头望了眼埋在大衣里的那个男人，道，"咋样，我唱得好听不？"

"可以，比这小白驴叫唤强。"后爹硬硬地应。

刘边吧嗒下嘴唇，不吱声了。

后爹接二连三地打了几个哈欠，问："车，到哪块了？"

"前面就是夹道沟了。"刘边进过几趟城，这道路他已熟悉。想象那深幽幽的山沟，他说了句："那沟，瘆人。"

"怕啥？"后爹大咧咧道。他一挺身，坐了起来，说："我赶会儿车吧！"

"嗯。"刘边顺从地应着，与后爹对调了位置。他身体埋进车厢，望着后爹宽大的背影，脑子里有些发空。后爹和亲爹一样高大。可是刘边就是对后爹亲热不起来，许是怪他一脸凶相吧。刘边刚上小学，亲爹就病死了。妈要招个男人进家门时，刘边曾哭喊着拦阻，可后爹还是挺着高大的身体一脸凶相地进门了。六七年过去，尽管后爹没捅过他一指头，可他还是觉得和后爹隔着层什么。

这时，后爹忽然吼了声，音调虽不高，在这静夜里却显得很响："呆愣着啥？还不下车！"

"吁——"一声，车已闸住。刘边慌忙下车，一个趔趄，他险些跌倒。后爹冷冷地望他，见刘边扶车厢站稳，便松了闸，吆出一声："驾！"

面前的坡，陡，长。车沿轻，后爹边压着车沿板，边拽着闸把手帮驴拉车。小白驴弓腰伸腿，踢得碎沙尽溅，只爬一袋烟工夫，便呼哧哧直喘。坡尚有遥遥的一截。

后爹回身，见刘边溜溜达达在车后跟着，没好气地吆了一声："臭小子，磨蹭啥？还不快帮驴拉车！"

刘边忙追上来，在车后用力。小白驴脖子伸了又伸，挺了又挺。后爹不时用棍敲下它瘦骨棱棱的屁股，恶狠狠吆几声："驾！驾！"待把那道里把长的坡甩在身后时，驴和人全累得长出气了。

后爹吆住驴，身倚在车沿上，从腰上拽下烟口袋卷了支烟，回手递给刘边道："边儿，抽一根吧，解解乏。"刘边慌忙接过。

后爹擦燃了火柴，狠狠吞了口烟，道："前面是下坡，难走，你敢赶车吗？"

"敢！"刘边应着，他顶讨厌后爹那轻蔑的口吻。

"十六岁了，初中毕业，就是大老爷们儿啦。这顶硬的活儿，你得先学着干点儿。"后爹说，话虽硬，语气却挺平和。

"嗯！"刘边漫不经心地应，他才不理会后爹的话呢。初中毕业，他想考高中，考大学，进了几次县城，他知道山外天高地阔，这荒僻的山地小村让他觉得闭塞和窒息。他才不想像乡亲们那样土里刨食活一辈子呢。

"上车！"后爹吆喝。

再上路时，车上已燃亮了两点烟火。刘边和后爹各自把蛤蟆烟喷得有滋有味。

有上坡就有下坡。

下坡就是夹道沟。这沟十几里长，细细的，窄窄的，弯弯曲曲，被两边陡峭的山崖簇拥着。月亮被山挡在那边，沟里填满黑黝黝的暗影。偶尔夜鸟轻啼几声，之后，是更令人窒息的寂静。

下坡，刘边丢了烟屁股，紧张地扳着闸。车下发出"嘎吱、嘎吱"的响声。空荡荡的沟谷里，那声音夸张般地大。热汗已变得冰冷。刘边把瘦小的身子裹进破大衣里，目光死死盯住前面隐隐约约的白色道路。坡陡，小白驴被冲撞得收不住蹄，干脆便撒开腿奔。刘边一手扳闸，一手拽缰绳，嘴里紧张地吆着："吁！吁！"

前面一道山豁口，月光晃过来，一地银花花的白。过了那段路，坡便缓了。深邃的寂静令人恐惧。夹道沟白天走人都瘆得慌，何况现在是深夜。后爹同刘边一样紧张，他从车厢里站起来，身往前探。刘边感觉到后爹喷出的热气烘得脖颈潮乎乎的。

后爹说："别怕，有我呢！"这声音响在耳边。

刘边大声地应道："我不怕！"

到陡坡前，刘边一边大声地吆驴，一边把身子挺挺地竖着，双腿不时准备跳下车应付可能发生的险情。

"用我往后拽车不，边儿？"后爹用商量的口吻问。

刘边不回答，身子凝固着不动，月光把他塑成尊花岗岩石像。有这月色，有后爹目光的注视，刘边忽觉心中安稳平静许多，尽管身下坡正陡。

"别怕，拽紧闸，扯紧缰绳！"后爹在刘边耳畔小声却坚定地叮嘱。车速越来越快，小白驴连跑带颠，风声唰唰地擦过面皮、耳畔，道路飞快地迎面扑来。刘边好兴奋。

黑暗又压了过来。头顶上的悬崖，像要倾倒下来。后爹小声问："黑暗，你怕吗？走过几次夜道，你就胆子大啦，你就成汉子啦！"

汉子？后爹算得上一条汉子。夏天，后爹常常光赤着上身。他的肌肉支棱着，硬硬的；他的连鬓胡子也是黑黑的，硬硬的。可是汉子又能咋样？后爹不识字，不会看书，看不懂电视剧，只会干活。可城市需要的不仅是好身架，更需要发达的大脑。刘边索性不理后爹，只管把精神全集中在路上。

坡渐渐变缓了，车速慢了下来，刘边的吆驴声也变轻了。

后爹长吁一口气，放心地坐回车厢里，把身子倚在枣口袋上。刘边抚摸着小白驴，在屁股蛋亲昵地拍了几下。他抬头望眼头上幽蓝的夜空，忽想和后爹唠点儿什么。

"喂，你说我算条汉子吗？"刘边挑衅地问。

"哼，还行吧。要是独自一人赶车夜走夹道沟，就算你长成了。"后爹大咧咧应。

"可我不想当汉子，我只想念书。我就是爱念书。"刘边说。昨天傍晚，他放学回家，妈就让他和后爹进城卖枣。他拗着不去。妈急得快掉了眼泪，他才嘟着嘴说："好，去就去，反正明天是星期天，误不了课。"这才满心不愿意地和后爹上了道。

"哈哈哈……"后爹忽然大笑起来，"我知道你成绩好，有出息，不过，不管你日后出息成什么样，都得活得像条汉子！"后爹的后半截话很冷。

刘边便不再吱声，只管听小白驴"叮呱、叮呱"的蹄声。

"喂，抽支烟吧！"后爹唤。

刘边心里一亮，后爹称的是"喂"，不是"边儿"，这"喂"字含了一种亲昵和尊重的味道。刘边讨厌他管自己叫"边儿"，因为他从没在心中把后爹当"爹"。

后爹已卷好一支喇叭筒，递了过来。山口风大，刘边在颠簸的车上好不容易点燃旱烟，忙狠狠吞了一口，又缓缓地把辣滋滋、甜丝丝的云缕吐出，心里好轻松。

沟坡还好长。车声和蹄声在山壁上撞击，在黑暗中愈加响亮。

　　烟已吞了半截，刘边忽觉得冷，后爹忙给他把大衣掖了掖，动作很轻。回头，他看见后爹的双眼亮亮地盯着自己，月光把脸色抹平，没了凶相。刘边忽觉心里一热，忙道："你，睡吧，还得走两个多小时呢！"

　　后爹仍那么坐着不动。

　　刘边心里挺愉快，他为这次进城庆幸。以前，后爹是把他当成毛孩子的。今天，他却长大了，成了一条汉子。刘边忽然又有了唱歌的欲望，道："反正也睡不着，咱们唱几嗓子吧！"

　　"唱啥？"后爹问。

　　刘边清了清嗓子，陡然唱响了。沟谷里，荡着支野辣辣的山曲儿：

　　　　正月里，正月正，

　　　　爷们儿赶车去逛城，

　　　　驾——嗻——喔——吁——吆喝一声，

　　　　进到城里看花灯……

　　刘边的声音尖溜溜的，简直是用力气在号。后爹"扑哧"一下听乐了，马上接上了刘边的调儿。他沙哑的声音唱起山歌来竟粗犷嘹亮：

　　　　三月里，是清明，

　　　　家家户户把地耕；

儿子扶犁前边走，

老爹随后把种扔……

小白驴轻松地打着响鼻。十几里长的夹道沟已到了尽头。眼前的路，又铺满白花花的月光。

刘边歇了嗓。一路山歌合唱下来，他觉得与后爹亲近了许多，便回头问："喂，这车枣真能卖五百块钱？"

"怎么？学生也关心起钱来了？告诉你吧，准值这个价钱。"后爹痛快地应。

"卖了钱咱逛逛城吧。"刘边道。前几次进城都是卖了货就往回跑，连百货商场也没去。

"行！"后爹应。

"咱再去趟新华书店。听老师说，新华书店里是书海，啥书都有。我们班王莉莉的参考书都是在那里买的。"刘边说。

"行！"后爹仍是痛快地应。

"我要买书，买一大包……"刘边兴奋地唠叨着，焦黄的牙齿在月光下一闪一闪的。他不时回头去瞧后爹，惹得后爹哈哈笑起来："好，多买几本，我的大学生！"

后爹一挺身坐了起来，道："你睡会儿吧，我赶车，边儿。"

"哎！"刘边痛快地应了一声。后爹的这声"边儿"，他并没觉得反感，反倒觉得挺亲切的。他钻进带着后爹体温的车厢里，一阵睡意包围了他。

"快到县城了吧？"临睡时刘边问了一声。

可不是嘛！道路的尽头，已看得见辉煌的灯光了。

艾平的惊叫

一

艾平成为毛老板的仇人是因为一场辩论。

毛老板是庙沟响当当的大人物。他坐的奔驰汽车驶过时，连郎乡长印着"寅成"公务的蓝鸟轿车都得吃他扬长而去的尘土。和霸气外露的奔驰 600 比起来，车头掉漆的蓝鸟轿车根本不是什么鸟，更像巴什罕河里挣扎的土里土气的鸭子。

艾平本来是个平平常常的小学六年级学生，成绩中等，个子中等，就连校服都是上学年穿过的，整个人都像一件洗得不新不旧的蓝校服一样平常。他面部也没特征，眼睛不大也不小，鼻梁不高也不矮，他要是走进学生堆里，还真不好识别。同学们都说："艾平是当特工的好料，谍战片里说，最牛的潜伏者都是相貌平常的人。"

二人成为仇敌，好像高高的白杨树与河边的狗尾草结仇。谁会相信呢？

谁让发生了那场无聊的辩论呢？

辩论发生在黄昏。

庙沟小学坐落在巴什罕河畔的古庙里。放学的钟声在有庙的十里长沟响起时，孩子们像放飞的鸟一样在沟谷里飞溅。艾平随大溜儿地走向了巴什罕河畔的枣树林。秋天的旷野一片枯黄，只有几颗固执的红枣还霸占着枝头。枣儿树熟，吸饱了阳光与水分，又软又甜，孩子们就为这美食而来。他们专拣几丈高的枣树攀爬，因为吃饱红枣之后，他们可以高挂在树杈上撒野，说些庙堂上不能说的闲话。

这天的话题是讨论庙沟地区谁是老大。

"你们知道为什么郎乡长的蓝鸟让着毛老板的奔驰车吗？"刘大强龇着两个大板牙挑起了话题。

"那还用问，毛老板有钱，他的奔驰，能买十几辆蓝鸟！"沈开新快言快语地道。

"奔驰又怎样？他的车标不好看。"总爱突发奇语的瘦高的朱起刚道。

"他说奔驰车标不好看！"孩子们发出各种奇怪的笑声。

"笑够了吗？你们——"朱起刚等大家的笑声变得稀落时，慢条斯理地道。

孩子们的笑声都憋住，一起望着在最高丫杈上悠搭脚的梳三七分头发的男生。

"你们看，奔驰的商标什么形状？"朱起刚不屑地问道。

"圆圈里一个三角，多有设计感。"小个子的沈开新是整个小学画画最好看的男生，他双手比画出奔驰的车标。

"喊——"朱起刚头一仰，道，"你们说，一个人，圈在方框里，是什么字？"

"什么字？"孩子们一片沉默。

艾平就是在这时发出了声音，不太响，但震得枣树上几片黄叶在风中瑟瑟发抖。

"是个'囚'字。毛老板坐的是囚车！"艾平被自己的声音吓了一跳！

"啊？！"孩子们都被艾平的声音惊吓住了。连提出谜面的朱起刚都紧抿住嘴巴。

"你竟敢说我叔坐囚车！"一个扁嘴男生叫了起来。他叫毛小平，同学们都知道毛老板是他堂叔。

毛小平跳下了树杈，叉腰站在地上。

"我们说车，又没说人，全中国坐奔驰的多了！"辩论会主持人刘大强忙打圆场。

"哼，艾平，你怎么这么说我叔？"毛小平不依不饶。

"哎，大家换个话题，说说乡长是老大，还是毛老板是老大？"朱起刚转移话题。

"郎乡长算个屁，霍县长跟我叔都是哥们儿！"这次没等大家回答，毛小平自豪地抢先说话。

"那大家说，咱庙沟什么姓氏是老大？"朱起刚道。他本想启发大家说朱姓是老大，因为朱姓每年都有人考上大学，还出了博士。

"毛姓是老大，我叔，毛愣，最有钱，庙沟最有钱的人姓毛！"毛小平想再胜一局。

可是，艾平不软不硬地说了一句话，让自己彻底成为毛老板的仇人。

艾平说："姓毛怎么是老大？山坡上那头毛驴，也姓毛！"

艾平的话还没说完呢，他嗓子眼儿又挤出一声放瘪屁一样的响："毛驴坐囚车，直接下汤锅。"

二

艾平在毛小平拨通毛老板电话后，正式成为毛老板的仇人。

"四叔，艾瘸子的儿子，说你坐的奔驰是囚车，说你姓毛的毛，是毛驴子的毛！"毛小平冲着手机喊。

"噢！"手机里的回话打个顿儿，道，"噢，我想认识一下那个艾家熊孩子！"

"我叔想认识你！"毛小平啪一声合上手机，在毛老板成为艾平仇人的那一刻起，他也成了艾平的仇敌。

"没意思，不玩了，各回各家，各找各妈吧！"朱起刚已从树顶滑落在地。他的巴掌可以包住毛小平的拳头，他总是用巴掌说话。这场辩论不欢而散，他的拳头自然代表了权威。

"散吧，散吧！"他搂住了艾平的臂膀，两人相拥着，走向落日的余光。两人住在同一个村庄，与毛小平背道而驰。

"艾平，我叔，会找你的！"毛小平的声音虽然越去越远，却像石头划过玻璃，尖锐、刺耳，单薄的艾平不由得战栗了一下，好像树梢上瑟瑟发抖的秋叶。

三

艾平爹原来不是一个瘸子，他二十年前在庙沟中学读书时，是千米赛跑的冠军。庙沟变成矿区后，他去矿上打工，一场塌方后，他右腿断了三截，落下了后遗症，走路时右脚尖往左扭，多么笔直的道路他都能走成斜路。

毛小平说得没错，庙沟十里矿区，都是他堂叔毛愣的。毛愣是地方电视里常常露脸的大人物，有时西装革履在省里市里县里开会，有时逢年过节脸上放光地给庙沟里的贫困家庭送米送面送油。还有，他供庙沟地区所有考上大学的孩子读书，是个公益名人。他在电视里的讲话字正腔圆。他说："我读的EMBA叫进修，谁让咱没文化底子薄？这些孩子考上大学不容易，他们读到博士我都供读，文化才是庙沟的希望！"

艾平的爸爸伤好后就在毛愣的煤矿做保安，每天戴顶蓝色大檐帽，把大门看得紧紧的。尽管腿有毛病，但他从来不像其他保安，把蓝色制服穿得像电视里的伪军，他总是干干净净的，大热天，也把大檐帽子戴得端端正正。他说，不这样对不起老板毛愣。

　　但一通电话打过来，内线电话，从总部打过来的电话。女秘书说："是第十二门岗吗？艾师傅吗？老板和你说说话。"艾平爸立刻笔直站起，毕恭毕敬。

　　毛愣电话里的声音是温和的，他对矿长们常常凶巴巴，但对艾瘸子这样的工人却是不笑不说话的。

　　但那温和的电话却像炸雷一样。艾平爸首先是握电话的手微微颤抖，咔嗒，电话复位后，他浑身颤抖，大檐帽下已经热汗淋漓了。

　　他抓过手机，那是一部新手机，矿山奖励给模范工人的。他努力让自己平静下来，电话拨给艾平妈，接通后，他沉默了一会儿，才大吼一声："你好好管管平儿的破嘴！等我回家，非打得他满地找牙不可！"

四

　　艾平失踪了。

　　艾平的失踪丝毫没有征兆。

　　那天，和高高大大的朱起刚在村庄挂着大喇叭的电线杆下分手时，朱起刚特别叮嘱了一句："毛小平嘛，别听他瞎诈唬，你别怕，有我呢！"他挥了下和成年人一样大的拳头。朱起刚妈妈给省里一个大领导家做保姆，爸爸也在省城打工，夫妻俩春节时总是带着大领导送的年货回家，毛矿长常常请他们转达自己对大领导便秘毛病的关心。

艾平推开家门时，心里有一丝忐忑，但他进门后看见正在灶台前做饭的妈妈时，还是像平常一样叫了一声："妈，我回来了！"

妈妈的脸在满屋子的蒸汽里浮现，她的紫色背心被汗水湿透了，整个人像刚出锅的一串麻辣烫。

妈妈没有回声。她没有看艾平，锅里的水翻花开，她把手里一团稀面拍向铁锅壁，叭，一块面饼糊在了上面。

"妈妈——"艾平凑近妈妈，声音细碎。

妈妈没有反应，继续手里的活计。

艾平已嗅到了空气中紧张的味道。他站在灶台前，屁股上的肉开始抽搐。每次爸爸揍他都打屁股。爸爸以前是不打他的，自从拐着瘸腿做了保安，爸爸就常常把生活中的不如意，拍打在儿子并不肥硕的屁股上。艾平单薄得像平面电视机似的屁股，已是少年身上最有肉的地方了。

"愣着干啥？还不添把火！"妈妈低声道。但妈妈的声音是命令式的。艾平评价电视里正襟危坐的大人物眯眯笑着讲话时，说那是"强硬的低姿态"。此刻，妈妈的口气就是这样的姿态。

娘儿俩在灶间的蒸汽里沉默着，像蒸屉里烙着的两块面饼。

妈妈在面盆里洗净手，把面饼与煮毛豆端上饭桌时，轻轻地说："吃吧，你爸十二点下班。"她一直没有正眼看艾平，更没有陪他吃饭，而是去到院子里照看她十几只下蛋的母鸡。

"咕咕咕，咕咕咕——"妈妈在院外喊她的鸡。

艾平没有吃饭，他把面饼用塑料袋包扎起来，装进书包。

他背起书包出门，像一汪水似的侧着薄身板渗过妈妈身边，低声道："妈妈，我去朱起刚家写作业。"

妈妈望着儿子的后背，果然说出了那句话："儿呀，妈早就告诉你，祸从口出，你咋就不长记性呢！"

妈妈的语气充满了担心与心疼，但艾平却屁股发紧。那一刻，艾平彻底坚定了自己的去向……

五

学校知道艾平失踪时，他已经缺课两天了。

班主任周老师是个外地支教来的年轻女老师，刚大学毕业，并没有多少当班主任的经验。

这天放学时，她叫住朱起刚，道："你和艾平不是住一个村庄吗？你去他家里找一下他吧。"

朱起刚家里有五间新盖的大瓦房，只住着他和爷爷奶奶，艾平有时在他家写作业晚了，经常住在这里，所以当朱起刚到艾平家找艾平时，艾平爸爸、妈妈满脸惊诧。他们以为，艾平害怕爸爸的大巴掌打屁股不敢回家，一直住在朱家呢。艾平爸爸腿伤了以后，双手变得格外有力。他是舍不得真打儿子的。但爸爸的手太重，儿子屁股上的肉又缺斤少两，所以，常常是爸爸手一挥，儿子就吓得屁股直抽搐。

但事实上那天艾平爸爸并没想教训儿子。他在下班前见到了老板毛愣。别的县发生了矿难，市政府一声令下，全市范围矿山全部停产，做安全检查。县长还亲自给毛愣打来了电话。毛愣带着一大队人马，挨个矿井检查。到了艾平爸爸的矿井，他看见那个瘸腿保安老艾开大门时始终保持着身板端正，就想起来曾经给十二门岗打过电话。他让司机把车停下来，和艾平爸说了几句贴心贴肺的话。艾平爸感动得差点儿落下泪来，把对儿子的满腔怒火浇灭了。

"平儿呀！你去哪了！"艾平妈妈的尖叫传出陈旧的三间平房，在村庄的上空回荡。艾平失踪的消息，第二天上课时分便传遍了整个庙沟学校。

"怎么会这样？又没谁把他怎样。"毛小平听到这个消息，首先慌神了。

"找不到艾平和你没完。"朱起刚挥着拳头向毛小平示威。

刘大强龇着大板牙，和刘开新等同学分析着艾平的去向，每个人都成了谍战片中的侦探。他们请示了班主任老师，下午自习课不上了，赶紧分头去找艾平。

六

艾平的失踪同样惊动了毛老板。

郎乡长来矿山检查是否停产。他原来是市委党校的教师，因为是研究生，被下派到乡里锻炼。毛愣老板是当地著名企业家，对他这个乡长总是不咸不淡的。但这次到矿山检查，郎乡长常常低垂的头是昂着的，他刚从在市纪委工作的同学那里听到一个消息，毛愣的老朋友霍县长被省纪委约去"喝茶"了。毛愣发家时霍县长还是庙沟的乡长，俩人的朋友关系可是不一般。

郎乡长并没有从毛愣方正的酱块子脸上看到受霍县长牵连的慌乱，也没感受到对他这个乡长手拿尚方宝剑的敬畏。毛愣说话的口吻照样不咸不淡，客客气气的，保持不远不近的距离。郎乡长见无碴可找，向毛老板告别时，忽然想起了学校发生的事情，便在握手时道："学校一个叫艾平的学生失踪了，学校反映说，他把您的姓氏做过不恰当的联想。"

"啊？有这事？我过问一下，看看是怎么回事，再向乡长汇报。"毛老板脸上有片刻的慌乱，但马上恢复成若无其事的表情，但口气绵软了许多。

蓝鸟车扑通着响声开走了。毛愣老板转身回到办公室时，立刻叫秘书把电话打到十二门岗保安室，冲着接电话的艾平爸爸吼道："你是怎么回事？我让你回家说说孩子，别乱讲话，但是，谁让你吓唬孩子了？你真打孩子了？你咋不听我话？为什么使用家庭暴力？我命令你赶紧回家去找孩子！"

七

艾平其实没跑多远，就藏在村边牛场的一座草垛里。

草垛里漆黑一片，发出庄稼秧棵特有的气息，那么甜润又熟稔。

草垛的深洞是艾平早些时候亲自鼓捣出来的，本来是藏猫猫用的。为了绝对不被发现，那座草垛是艾平的小秘密。

艾平是如何潜入自己掏挖的草垛的？仿佛爸爸喝酒喝断片了一样，艾平后来说他也想不起来了。估计是越想越怕，有大祸临头的灾难感，凭着生命的本能去逃避现实，找个安全的地方躲一躲，他才下意识地钻进了这个草垛。

草垛在牛场院里。艾平搬掉几块虚垒的砖头，就进入了养牛场大院。草垛紧贴着墙壁，共分三层。最下一层是玉米秸，中间一层是花生秧，最上层是豆秸。这个草垛本来是牛、马、驴、骡的冬天饲料。先吃上层，豆秸里有隐藏的瘪豆，可以让牲畜们吃到秋天的回味；花生秧虽然根茎坚硬，但常有瘪籽留下，很是甜润。深冬时节，无精料之时，最后再给牲畜们喂粉碎后的玉米秸。

那时，草垛便成了艾平屏蔽危险的堡垒。

听了听外面没有动静，艾平悄悄地爬出去。那会儿该是下半夜吧，月光把天空晃得浩渺苍茫。村庄祥和安宁，一点儿也不具备大祸临头的特征。但深夜的寒风让他认清了现实，他望了望家的方向，一片沉寂，避祸的恐惧让艾平像老鼠一样赶忙缩回草垛深处。

饥饿感很快来袭，艾平受生命本能的驱动，开始动手把洞穴扩大。打洞的方向是向上，很快打通了玉米秸的层面，到达了花生秧那部分。黑暗中他很快寻找到遗留在干枯的秧棵上的干瘪花生荚，剥开，花生粒很快被咬碎了。饥饿的问题解决了，一个孩子的智慧在被逼无奈的情况下，也算发挥了最大潜能。

接下来的几天，整个草垛成为艾平全部的世界。草垛的内部被艾平扩大了，呈十字形，足可以容下几个人，可行走，可睡觉。食物吧，青玉米秸可以嚼出甘蔗一样的水来，解决喝水的问题；残留在花生秧棵上的花生可以解决食物来源。艾平又打通了豆秸层，上面虚掩着豆秸，留出空隙用来通风，白天可以透进光亮，夜晚还能望见星星和月亮。

尽管秋天的夜里白霜降了一层，但植物之间可以产生热量，草洞也可以储存秋天阳光的暖意。艾平最怕的是孤独，是信息的缺失。那时，遍地秋草肥美，草垛里的秧苗还没有成为牲畜的食物。养牛场的大门紧紧关闭，没谁光顾这里。爸爸会因为自己的过错被下岗吗？妈妈一定很急，急成了什么样呢？艾平有时抗拒去想这件事的不良后果。他是不敢想，自己本来也不了解毛矿长，不过是逮个俏皮话。

花生秧和青玉米秸保留了一些水分和糖分，是拉车、拽套的牲畜们在冬天最好的食物。为了避祸，这些食物成了艾平的主食。艾平几次在明月西倾时醒来，想回家去看看，但想到爸爸的残疾身体，妈妈埋怨的眼神，他终于没有了回家去的勇气……

八

艾平被找到纯属偶然。

　　他被找到时，县里的有线电视台正二十四小时连续地播报寻人启事，当然是毛老板出钱打的广告。

　　毛老板的矿山停产了。郎乡长不断带人来矿山检查工作。自从霍县长去省纪委喝茶，安全，环保，对矿山的各种检查就没断过。

　　毛老板端庄的酱块子脸变得灰头土脸。他不断地对各个检查团点头哈腰。矿山没有了滚滚车流，变得格外空旷。工人们都放假了，只剩下各个门岗还有人影。

　　前几天，毛老板路过十二门岗，停下车，下来与艾平爸说话："孩子还没有找到？"

　　艾平爸不时看着粗糙的巴掌，没说话，只是不时地"唉、唉"叹气。

　　毛老板也陪着叹气，说："怎么会这样？"

　　他拍拍艾平爸的肩，叹息道："孩子说得没错，毛驴也姓毛！"

　　毛老板坐上他的奔驰600。

　　起风了。滚滚红尘中，锃亮的奔驰车像个脏兮兮的土驴子。

　　霜降那天，庙沟真的下了霜。枣树林里的枣，早就被孩子们捡光了。孩子们还三个一群五个一伙儿地去树林里找，妄图找到田鼠或鸟偷藏的野食儿。

　　毛小平自从艾平失踪，被彻底孤立了。电视里刚播完一部抗日电视剧，里边有个鬼子叫"毛驴太君"，同学们一齐把这外号送给了他。

毛小平不愿被喊成"毛驴太君"，只能自己在荒野里玩。没有枣子可找，他瞄上了养牛场高高的草垛。

他在花生秧甜润的气息里找到了瘪花生，也找到了一个虚掩的洞穴。他顺着洞穴往里钻，黑乎乎的，他探手乱摸，摸了一手毛茸茸的东西。他害怕地一拽，拽出了一声恐怖的惊叫。

——啊！

毛小平赶紧爬出洞穴，夕光下，他泪流满面，对着村庄大喊："艾平！我找到艾平了！"

正好朱起刚和一帮同学路过，大家奔跑过来，一起把洞穴扒开。睡得迷迷糊糊的艾平睁着无辜的眼睛，迷茫地望着泪流满面的毛小平。

他嗫嚅着说："毛小平，你叔和毛驴都姓毛，但那不是一个姓，人和牲口不能一起论。"说完，眼一闭，又睡了过去。

九

秋天日渐冰凉。如果没有毛小平的被孤立，也许艾平要在草垛里一直躲下去，直到草垛一层一层进入牲畜的胃里，把艾平暴露在阳光下。

艾平被从草洞里抱出来时，正沉沉地睡着。爸爸看着儿子的小可怜样儿，泪珠直在眼眶里打转儿。他拒绝别人帮忙的好意，倔倔地往家里趔趄走去。

爸爸怀里那个干瘪的营养不良的男孩，轻薄得像一捆干枯的秧棵，被一条毛毯包裹着，浮云一样轻飘。走了很长的路，艾平愣是没有醒来。

艾平醒来时，已是黎明时分。父母都没有睡去，他们一直围坐在儿子的身边，看着他安静地沉睡。他们几乎感觉不到儿子的呼吸。直到艾平惊恐地睁开眼睛，他们才相信，儿子还是失而复得的活物。

毛矿长没能留住艾平爸爸。

艾平爸爸到城里打工了，在学校干门卫。艾平就转学到这所学校。他的脖子上挂了一部手机，是毛矿长送的。

毛矿长说："孩子你可再不许把自己弄丢了。你有本事就读书吧，叔叔什么时候都供你。"他的语气有些悲壮，煤矿摊上大事了，老板整天坐辆囚车瞎嘚瑟，县里已经传得沸沸扬扬了。

艾平好像得了幽闭症。自从在草垛里发出那声尖叫以后，他已经很久不怎么吭气儿。

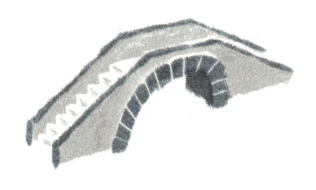

拱　桥

拱桥是一个人，不是一座桥。

听这名字，你就可以想到他的形象，比如角弓或者青虾，还有课本上的赵州桥。

我认识他时，他的腰已经很弯，人也很老。那时，他已在村庄东边一座老旧的石屋里，当了许多年的校长。

说是校长，是抬举他，因为他只管一个老师，那老师也就是他自己。

他的脸上有许多褶皱，一说话就满脸开花。胡茬子布满两腮和下巴，尤其是下巴，总是硬扎扎的。哪位男生犯了纪律，他从不打手板，而是低沉着嗓子说："把手伸出来吧，手背儿。"他的大手便把你的小手抓牢，将下巴挨近那颤抖着的小小面积的手背儿，来回蹭那么几下，让你觉得刮了刺猬一般地痒痛。因此，我们对他的宽下巴充满畏惧。

　　我那时读三年级，很捣蛋的，有次挨了扎，便对同班的二青说："校长的下巴要是脚后跟儿多好，咱就不怕他了。"脚后跟儿同校长的下巴比起来，的确有本质的不同，光溜溜的，没有钢针一样的胡茬，手背拂上去很平展的。二青听了，先是"嘎嘎"笑了两声，然后就当了叛徒，把我出卖给校长。校长便把我找去，用浑浊的老眼定定地望着我，说道："你真的怕我的下巴？"

　　我望着他宽阔的脸，敬畏地点点头。

　　他用手掌刮刮，下巴发出"嚓嚓"的响，说："怕就别捣乱了，小子。"大手拍拍我剃得溜光的脑瓜，呵呵笑了，"这里不是脚后跟儿，可毛儿软不扎人的。去吧，去吧。"我就逃也似的躲开他。

　　他那时真的很老，像谁的爷爷。教我那阵儿已退休五年，据说他的儿子几次接他回辽西走廊上的村庄，但他都走不脱。山那么深，谁肯来教一茬茬的捣蛋鬼呢？只能是他。

　　因缺了两颗牙，他讲课吐字有些不清。比如把"二"读成"ɑ"，我们跟着喊"ɑ"，他就酱着脸说："我读 ɑ 你们不能读ɑ。"我们就齐声喊："是，老师，我读 ɑ 你们不能读 ɑ。"可是我们怎么读呢？他就无奈地笑了，说："老了，教你们爹妈那会儿，我可不是这么发音的。老了，说老就老了。"他那会儿真比谁的爷爷都老。

　　除了用下巴刮手背儿，他对我们很好，比如，下雨天，他的弯背就成了一座真的拱桥。

山里人家，稀稀落落，校舍三面倚山，一面临沟。我和其他十来个学生，上学放学是要过沟的。那条四五丈宽的沟，冬天干涸，雨天却气势汹汹，浊流滚滚。水虽仅齐校长的膝盖，但对十来岁的孩子可是难以逾越的鸿沟了。没有木桥、石桥、铁桥，只有校长这座肉做的拱桥。

我攀"拱桥"只一次，是在怨校长下巴不是脚后跟儿不久。

洪水把我们隔在这岸，校长便从那岸过来，在水中蹚来蹚去。没人能替他，一个学校三个年级一个老师，校长是最年长的，我和二青则是第二、第三年长的。我是不好意思让他背的，一是觉着有关脚后跟的比喻对不起他，二是觉着自己大了不能让人背，尤其是让一个老人背。八个同学给背到对岸，只剩下我了，再没办法去躲。校长已垂着弯背，哗啦哗啦蹚水过来了。他浑身透湿，喘气的声音像是在拉风箱。

"来吧。"他蹲下来，袒给我一面弓形的脊背。

"不！"我拒绝，说，"我敢过。"但这是吹牛，水浑浊，浪头一个撵着一个，看着都让人昏眩，何况那水要淹没我的肚脐眼儿呢？

"来吧，孩子。"他又说。拱形的脊背一动不动，静等我伏在上面。

我急得要哭了，我该怎么办呢？

"别不好意思，爷背孙子嘛。该上课了，快来。咱爷儿俩得赶紧过去，同学们在等呢。"他不容拒绝地说道。

我闭上眼睛，趴上了那座拱桥。身体被浮载起来，晃晃悠悠，迈下水去。浪声灌满双耳，我却趴得紧紧的，与那面脊背紧箍在一起。

临上岸时，校长趔趄一下，但我并没有掉下拱桥，因他宽大的手紧扳着我。

"这不过来了吗？"他说。是的，过来了，我从桥上滑下，落在坚实的大地上，站着。

校长却没有站着，而是瘫坐在地，大张着缺牙的嘴捯气，苦笑着脸，说："老了，老了，我背你们爹妈时，可不是这副模样。"他的模样，真像一座坍塌的拱桥。

喘吁了一会儿，他站起来，我们拥着他走向老旧的教室。二青靠近我，说："校长背你过河，不是走的，是爬。"爬用来说人是贬义，我讨厌他说校长"爬"，便狠踹了他一脚。

那年秋天，我转学了，校长也走了，他实在再也教不动书了。小学校便黄了数年，直到如今盖起希望小学。已当了乡长的二青说："盖座拱桥吧！"于是，通往学校的沟上就有了座石桥……

许多年过去，我过的桥比小时走的路还多，但我忘不了那座拱桥。那座宽厚、踏实、温热的血肉拱桥，让我一生都走不到头。

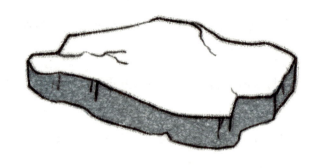

冰海求生

一

　　孪生兄弟攀登、攀跃，气喘吁吁地从市中心跑回海边的时候，鹅毛大雪已落得纷纷扬扬，整个世界一片雾茫茫的白色。他们在冰沿上收住脚步，两人呆愣住了。冰车呢？他们的冰车呢？飘飘洒洒的雪花抹平了冰海表面上全部的裂缝，他们早晨登陆时掩藏冰车的冰隙被白雪遮盖得无影无踪。

　　"哥，哥……"攀跃眼睛里涌出泪花，他不知所措地望着和他一般高矮、一个模样的哥哥。黄昏因为乌云遮挡已经提前来临，铅灰色云层把天空压得低低的。

　　哥哥攀登的团团脸在狗皮帽子下呈现出雾色。

　　"走，找找吧。"他没忘记自己是哥哥。虽然攀登只比弟弟早来到这个世界四十二分钟，但即使陌生人也会在经过比较后认出他是哥哥，是因为和弟弟在一起他始终扮演哥哥的角色吧。

"咋找呀？"攀跃的眼泪就要摔下来了。雪花扑在脸上，仿佛乱撞的蛾子，让他狗皮帽子间裸出的半块脸痒痒的。他真想大哭。

攀登不理弟弟，大步迈上冰冻的海面。脚下一滑，他棉胶鞋里的指头赶忙扎撒开，加强和地球的联系。他概略地分辨方向，海滨有座凉亭，六个檐角缺了一个，缺角正指向他们掩藏冰车的地方。他用手遮着前额，瞄着那个模模糊糊的断檐，用脚蹚着雪走。脚下的冰面滑溜溜的。忽然，鞋跟儿一硌，他知道踩到了冰缝，忙猫腰去掏摸。雪凉沁沁的，但冰缝里什么也没有，只撩了满手湿漉漉的水腥气。

"不是埋在这儿吧？"攀跃直着身体问哥哥。

攀登不答，只管沿冰缝向前，划出一路不规则的曲线。雪沟已经犁出五六丈远，并没有惊喜的发现。

"肯定是让人偷走啦。"攀跃嘟哝着，学着哥哥的样子，沿着冰缝向另一个方向走。他也一无所获。

攀登站起身，回望陆地，缺角的凉亭在昏暗中变得更加模糊。他瞄着断角，又向海深处走去。脚再次蹚出一道冰缝，他扒开浮雪去寻找，可是仍旧一无所获。

雪花扑簌簌落着，海滨一个人都没有，空空荡荡。夜色已悄悄地撒落硕大的幕布。攀登看一眼弟弟，回头望向大海的深处，辨别一下方向，碎步向前跑去。

"哥，咱就这么步行回家？"攀跃跟在哥哥后面，重复着哥哥的动作。海岛上的孩子都有跑冰的经验，脚板起落要稳，步子不能拉大，否则，光滑的冰面摔起人来毫不客气。

"快跑吧。"攀登说，步子慢下来，等弟弟和他挨肩时，再一同加速。

"哥，二十多海里呀，滑冰车也得两个多小时呀。"

"快跑！"攀登说，并不回头，继续向前。

攀跃赶忙闭紧嘴巴。顶着风雪行走，只要一张嘴就会被海风呛得嗓子眼儿冒辣烟。

夜幕下渤海辽东湾冻得硬邦邦的冰面上，两个长得一模一样的少年，在风雪中奔跑，像两匹矫健的雪鹿。

二

海岛那么遥远，仿佛遥遥无望。

雪越落越猛。冰面上不时传来"咔咔"的冰裂声，让人毛骨悚然。扑簌簌的落雪声在四下里喧哗，让人听觉麻木。宽阔的冻海混沌一片，雪雾蒸腾，挟裹着海洋深处刮来的潮气，有些发苦。孪生兄弟远离岸边，跑到冻海深处时，身上已蒸腾出黏黏的热汗。他们先是打开紧捂着的两扇狗皮帽耳朵，然后又敞开紧裹的腰带，但汗气仍从周身每一个毛孔中渗透出来，整个人好像要变成一个滚烫的锅炉，往外散发燃烧的热量。

"哥，咋还不到家呀？"攀跃气喘吁吁。

"跑吧，会到的。"攀登应着。他在默默数数，一步又一步，数着数着，就忘记自己数满多少个一千了，反正已经离大陆很远很远了。海岛的影子迟迟不肯出现，黑暗中一片迷茫。

"咕咚——"身后传来一声响，是攀跃摔倒了。攀登赶紧收拢脚步，双脚前滑一丈多远才停下来。"弟，弟！"他冲身后喊。

攀跃已经"哎哟、哎哟"叫着，在黑暗中爬了过来。

"你，没摔坏哪里吧？"

"没有。"

"好，快过来。"

攀跃站起来，哥哥赶忙去卸弟弟肩上的背包。弟弟挣扎了几下，背包还是被抢到了哥哥背上。

"快跑，咱应该快到家啦。"哥哥说。

"咱妈说不定咋着急呢。"弟弟拖着哭腔说。

"那咱更得快跑。"哥哥说。

孪生兄弟手牵着手，跑起来，冰冻的大海在脚下颤动起来。

但是海岛似乎变得十分遥远，咋就不能几步跑到呢？晴天里在海岛上望，大陆上的铁塔、楼群显得十分清晰，夜里望，有时看得见首山顶上一闪一闪的航灯。兄弟俩早晨坐冰车登上陆地时多么轻松。木制冰车的钢条在光滑冰面上犁出清脆的响声，冰锥舞动，风在两人耳边"呼呼"刮起。玩笑之间，他们就跨过了遥遥冻海，从海岛来到城里。是呀，那时多快呀，早晨出家门时东方刚刚泛红，登陆之时日头刚好在海平线升腾起来。可是，此刻没有冰车，兄弟两个就像小鸟失去翅膀，海路突然拉得很长很长。

"哥，你说，咱妈这会儿在干啥？"攀跃牵着哥哥的手，气喘吁吁地问。

"早把被子给咱在热炕焐好啦。"攀登气喘吁吁地回答。

"我到家就往热被窝里钻，睡上一觉多舒服呀。"

"噢。"哥哥应，他眼前浮现出家里的土炕，温暖地散发出沙土的甜腥味，洋溢着冻海开化时春天的气息。

"哥，离家还有多远啊？"

"别说话，走稳，快！"

大海在冰下喘息，不时涌动着波涛，撞出憋闷压抑的"咔咔"响声……

三

攀跃再次摔倒的时候，攀登才不得不承认一个严酷的现实——他们迷路啦！

兄弟俩身上没有钟表，但凭他们与爹爹夜渔的经验，按他们疲惫的程度计算，早应该跑出四十到五十海里了，如果不是迷路，早该踏上海岛啦。可空气中没有丝毫海岛特有的土腥味，显然他们离海岛还很遥远。雪花团团卷卷，天空被压得很低，冻海无边无沿的，海岛在哪里呢？

"哥呀！"攀跃大哭起来，趴在冰上不动。

"孬种，起来！"攀登去牵弟弟的手。但攀跃仿佛一汪泼在冰上的水，生了冰根，哥哥没能把他拉站起来。

"你找死呀！"攀登大骂。

"哥呀，咱再也看不见妈啦！"攀跃瘫坐在冰雪中，干着嗓子号。

"起来，起来！"哥哥用脚去踢，弟弟终于摇摇晃晃地站起身来。

"咱往哪里走呢？"攀跃在风雪中叫。

是呀，往哪里走呢？攀登抽搐下鼻孔，没有嗅见土腥味，却嗅见一股久违了的海水的气息。哥哥打个冷战。水腥味和土腥味截然不同，水腥味越浓，离陆地越远，离海水越近，久居海岛的人都有这种经验。难道挨近海水了吗？海湾是封冻的，但距离陆地四十海里以外的地方，海水只结冰凌，没有冻封。冬天苍白的阳光下，白天的大海发出苍绿的颜色。越临近海水的地方，冰面越薄，人踏在上面，随时会随浮冰一起塌陷到海水中去。

"快，起来，往回走。"哥哥叫，连拖带拽，和弟弟一起踉踉跄跄往回走，冰雪上有他们刚刚踩出的脚印，他们必须原路返回。

雪花被海风搅拌，成尘雾状，在无遮无拦的冰面上撒泼打滚。潮湿的雾气迈着猫一样无声无息的脚步，灵敏而诡秘地四处蹿跃。雪尘似乎想把海面彻底抹平。他们留下的脚印在面前越来越模糊，走出不远，面前便只剩下平展空旷的雪海。

"哥，往哪里走呀？"弟弟站立在风雪中的身体颤抖着。

是呀，往哪里走呢？他们伫立的地方，一面是大海，一面是陆地。阴郁的天空，飞舞的风雪，让他们迷失了方向，辨不清东南西北。他们的家，那个小小的海岛，好似一叶丢失在茫茫大海上的舢板，无影无踪，让他们该往哪里去呢？

攀登摘下头上的帽子，雪花扑落在光脑瓜上，瞬间融化了。他鼻翼翕动，仔细嗅着，分辨水的腥味。从陆地启程时刮的是南风，顶风走是向南，是海岛的方向。此刻，背风走是陆地的方向，只要径直向前，肯定能登上大陆。但谁知此刻是否已改变风向呢？十二岁的哥哥也开始颤抖起来，心里乱得像是长满茅草。他努力咬紧牙，不让牙齿磕打出响。

时间定格了一般。不知过了多长时间，攀登终于辨认清楚海水的腥味，那是海洋的气息，散发着鱼类和扇贝的体香。他重新戴好帽子，认准了方向，牵上弟弟的手毅然向前迈开脚步……

四

孪生兄弟双双摔倒的时候，风势正在减弱。天空仿佛巨大的筛箩，把大片大片的鹅毛雪筛成雪糁子，沙子一样生硬，打得皮肉生疼。兄弟两个趴在冰雪上，久久地一动不动。

"起来，弟。"哥哥先有了动静。冰冻的大海仿佛加大了对身体的引力，攀登眼冒金星，仿佛看见阳光在头顶上照耀，他和弟弟亲手堆塑的雪人，正在吱吱地消融。他打了个冷战，想，难道自己也要变成一汪水，成为冻海的一部分吗？

"哥，哥，我起不来，起不来呀！"攀跃在叫。他没有哭，自打接受了迷路的现实，他就不哭了，仿佛一瞬之间长大了许多。

兄弟俩躺在冰海上，雪要覆盖掩埋住他们。两人距离一丈多远。哥哥大叫："弟，来呀！"弟弟也用力去叫："哥，来呀！"两个少年，像两条在冰上挣扎的鱼，都探出手，都要去抓住对方。他们心中明白，只有兄弟俩在一起，相互搀扶，才会站立起来，才不会与冰雪冻成一体。雪雾团团卷卷，迈着猫一样轻的脚步，不怀好意地包围着他们。

两双手终于一寸一寸接近，终于握到一起。哥说："弟，起来！"弟说："哥，起来！"孪生兄弟相互支撑，终于在风雪之中站立起来。

"哥，咱们这是在哪里？"

"海上。"

"离咱家多远？"

"不远。"

"咱喊吧，喊咱妈。"

"喊吧，喊咱妈就会胆壮！"

于是，雪中的冻海之上，响起两兄弟的喊声。

"妈——"

"妈妈——"

喊声随着雪尘团团卷卷飞扬，并不会传出多远，那疲惫的声音很快就随黏稠的雪雾一起凝冻在海面上。

五

风停啦。雪粒子没有海风助威，失去力度，不再抽打得人皮肉生疼。天变得冷冽起来。那是潮腻腻的寒冷，透着一股浸入肌肤的潮气。但是，兄弟俩却在这时发现了希望。不远处，海面上突起一个硕大的冰坨。攀登马上想到，那冰坨里应该有冰窟。

海面上有许多这样的冰窟，依托礁石形成。大海封冻时，先是海面上结满冰凌，大海涨潮时，给海浪推送，在礁石上逐渐堆积。随着寒冷的加剧，冰凌越聚越多，突起的礁石上就突起巨大冰坨。随着潮涨潮落，海水贴着礁石上浸，在冰与礁石之间，形成隔离屋，就是冰窟。

兄弟俩相互搀扶，走向冰窟。果然，他们扒开浮雪，哥哥抬脚用力一踹，身体随着冰块子塌陷下去，落在了礁石上。他一阵喜悦，赶紧叫："弟，下来！"于是，兄弟俩都躲到冰窟里面。海水落潮而去，礁石湿漉漉的，发出沁人肺腑的腥味，透出暖洋洋的气息。

"哥，这是哪？"攀跃紧贴着哥，问。

"大海呗。"

"我还不知道是大海吗？"攀跃嘟哝道，他不再说话，只想坐在礁石上，沉沉地睡上一觉。但他身体刚一软下去，屁股上就挨了一拳。"别坐下，坐下就再也起不来了！"哥哥吼。

"哥，我，好饿！"攀跃赶紧站起来，但他小腿打战，怎么努力也站不稳。这座冰窟不大，刚好有他个子那么高。他用力抬头去顶冰面。

攀登摘下书包去找食物。他去里面掏面包的时候，掏到了蜡烛，十二根，整整十二根呢！还有火柴，一种特制的杆儿长长的火柴。

哦，原来，那是他们为自己的生日购买的蜡烛，那火柴也是为点生日蜡烛特制的。

他们购买蜡烛和火柴纯属偶然，但正是这偶然此刻给了他们希望和机会，使兄弟两人能够与黑暗、寒冷、恐惧抗争下去。

事情的起因是一次"手拉手"活动。

海岛小学与大陆县城的第二小学结成了"手拉手"的关系，两个学校的同年级学生互相联系，互相交流。作为五年级学生的攀登和攀跃，因此拥有了一个硕大的书架。那是县城二小五年级一班全体同学捐赠的。海岛五年级学生只有这孪生兄弟两人，那些书当然全部成为他们的财富。他们第一次见过这么多的书呢，足足有三百本。

该回报城市同学点儿什么礼物呢？兄弟俩开始积攒各种各样的贝壳、漂亮的海星、五颜六色的卵石，并且悄悄酝酿一次大陆旅行计划。寒假的第三天，他们成功地实现了这次凌晨开始的大陆之行。

他们在海边的冰缝里掩藏好冰车，走进县城，找到第二小学，正好遇见值周的五年级一班同学。值周的同学十分高兴，马上打了许多电话，发出海岛客人来到的消息。空荡荡的五年级一班教室，很快变得热闹起来。有一位叫鲁冰冰的女孩这天过生日，为了欢迎海岛来客，她特意把晚上举办的生日晚会提前到了中午。拉上窗帘，点亮烛光，海岛少年在新鲜的生日祝福歌中陶醉啦。

"祝你生日快乐，祝你生日快乐……"他们用唱拉网号子的嗓子，和城里同学一起唱歌，一起鼓掌，看鲁冰冰鼓起嘴巴，吹熄十二根生日蜡烛。就在那烛光之中，他们想到了自己的生日。那个叫鲁冰冰的女孩，只比他们大一天。第二天就是兄弟俩的生日，差点儿给忘掉！

兄弟俩以前是怎么过生日呢？妈妈每次都是给他们每人煮两个红皮鸡蛋。城市女孩的生日烛光，让他们发现了生日另类的快乐！

告别"手拉手"的朋友，孪生兄弟走上城市街头的时候，他们都产生了那样的想法，就是也给自己搞个生日晚会，也点燃十二根蜡烛！

可是，在买蜡烛之时，兄弟俩发生了争执。弟弟要买小巧的红红绿绿的生日蜡烛，就像鲁冰冰点燃的那种。哥哥却想买十二根茁壮的红蜡烛。当然哥哥的意见正确，十二根红蜡烛吹熄之后，还可以在停电的夜里照明，一举两用。尽管弟弟嘟哝说不点生日蜡烛不尽兴，可心里还是透着股高兴劲儿，毕竟会有烛光摇曳的生日晚会啦。为了讨论谁先吹灭蜡烛，小兄弟俩甚至在城市街头争吵了一会儿。不过，他们很快统一了意见，那就是妈妈喊"一、二!"，然后两兄弟一齐动嘴用力去吹向那柔软的烛焰……

冻海之上，攀登摸着蜡烛，心里乍然一亮。他颤抖着手，擦燃火柴。火苗蹿跳着，照亮了兄弟两张一模一样的面孔。

蜡烛被点燃了，照得冰壁晶莹剔透，照得礁石发出湿润的光泽。兄弟俩在烛光里对视一眼，脸上绽开一模一样的笑来。

冰窟之外冷酷的冰雪世界，被温暖的烛光驱赶得远远的。

六

孪生兄弟开始吃面包。那是县城推板儿车的小商贩售卖的粗糙的面包，虽没有洁白的奶油，仍然在冰窟里飘散出醇香的气息。他们吃几口干面包，又去探手到外面抓几把雪解渴，吃得香喷喷的。寒冷、疲惫、凶险、绝望，一切不祥的感受，都离他们远去。

"哥，鲁冰冰的手真白净。"

"噢。"

"她声音咋那么轻呢?"

"噢。"

"哥，现在该到咱的生日了吧?"

"到了吧。"

"咱回不了家，咱妈可得多么着急呀!"

"噢。"攀登应付着弟弟。平日里就是这样，在快言快语的弟弟面前，他总是显得老成持重些，装扮成一个长者。

"哥，咱唱那支歌吧！祝你生日快乐，祝你生日快乐……"攀跃忽然唱了起来。唱着唱着，他脸上浮现出陶醉的神色，仿佛回到了城市的生日会上，看见叫鲁冰冰的女孩鼓着红润双唇，一口气吹熄十二根彩色的蜡烛。

可是，在弟弟陶醉的时候，攀登却停止了咀嚼。他撩起狗皮帽子耳朵，贴近冰壁去聆听。

"哥，咋的啦？"攀跃问。

攀登三口两口吃下面包，没有吭声。他麻利地收拾好背包，借着烛光，找到一块书包般大的冰块，那冰块戴在一块瘦长的礁石上，是空心的。弟弟马上明白了，哥哥是要制作一个冰灯。

"嗵，嗵，嗵。"终于，攀跃也听见了冰壁上透过的闷响，他的脸一下子变得像哥哥一样严峻。

"涨潮啦？"弟弟问。

"涨潮啦。"哥哥回应，他努力控制住内心的紧张感。

"噢……"弟弟并没有慌乱，他只是轻轻地点点头。

潮水涌荡的声响越来越重，越来越响，越来越近……

七

孪生兄弟两人被涌荡而来的海水逼出冰窟，重新回到空旷的海面。

雪落得越来越稀疏，雾却更浓了，在少年身边，它们变成拥拥挤挤的猫群，幻化着扭捏着腰肢。

内衣、帽子的里面，全让汗水打湿了，两人站在冻海之上，皮肉觉得格外湿冷。那湿衣似乎要结冰一般。但他们没有恐惧，因为有一柱冰灯与之相伴。蜡烛燃烧着，把水桶般粗的冰柱映得晶莹剔透。雾气中，火苗烧得不旺，似乎随时会被潮湿洇灭，但烛光始终亮着，并透出一股暖洋洋的气息。

兄弟俩已经商量好了，他们决定在冻海上熬过这一夜。四下里一片黑暗，浓雾中隐藏着冰窟、冰缝等万重凶险。他们不能再盲目地去寻找海岛和大陆，迷路中的远行就像落网后拼命挣扎的鱼，静止不动才能增加生存的机会。

可是，夜冗长得无边无际。烛火虽驱走黑暗，他们心里仍不踏实。潮声在冰下涌荡，冻海似乎随时会瓦解成无数碎块。

家在哪呢？听不见妈妈的呼喊，嗅不到土炕温馨的气息，兄弟俩那样孤立无援。他们怎么熬过漫漫长夜呢？

"哥，我好冷！"

"弟，咱跑步吧，跑起来就不冷了！"

于是，冻海上又响起了兄弟俩的脚步声。冰灯在礁石顶上的冰块上闪烁，兄弟俩围着烛光，绕圈儿跑。一圈又一圈，一圈又一圈，半尺厚的积雪渐渐踩实，变得溜滑。烛光闪闪，冰圈仿佛一个巨大的项圈，闪闪发亮。

"哥，我困。我好想睡一觉呀！"

"弟，咱不能睡，也不能停步，停下来我们会被冻僵的。

噢，现在是咱俩的生日！"

"可是，哥，天，啥时亮呢？"

"咱俩是凌晨生的，我比你早落世四十二分钟。"

"十二年前的这时，世界上有咱两个人了吗？"

"有了呀！刚生下我的时候，爹高兴得一跳高，头撞了房顶呢！"

"哈哈，哥，先祝你生日快乐！"

"弟，也祝你生日快乐！"

冻海上，两个少年唱起生日歌来。

雪在歌声中停息了，但雾却把天与海搅得更加混沌。烛光中，雾气是无数颗蹿动的细密水珠，不，是冰珠，团团卷卷，不时闪动道道细小的、游动的霓虹，一会儿出现，一会儿又熄灭。

"哥呀，我好想睡觉。"

"弟呀，快唱，唱呀！"

"哥，我困呀。"

"弟，你听，妈在给咱鼓掌，鲁冰冰也在鼓掌！你听，咱爹，在南海的渔船上，也听得见咱的歌呢！"

"哥，祝你生日快乐！"

"祝你生日快乐……"

八

蜡烛燃烧着，燃烧着，越来越短，终于变成一汪凝固的红泪。海面上又恢复一片黑暗。已经烧掉三根蜡烛了，烛火仍然未能把天空和大海点亮。雾气也仍然黏腻稠浊。

攀登在第四根蜡烛熄灭的时候跌倒在冰面上。弟弟没有听见哥哥摔倒的声响。事实上，哥哥也没有发出声响，他倒下时，仿佛在冰海中泼洒了一碗水，无声无息，了无痕迹。

"叭叽！"攀跃绊在哥哥身上，也摔倒了。

"哥！"他叫了一声，可是，没有回音，哥哥像一堆软泥，没有发出任何声音。

"哥呀！"弟弟摇着哥哥的手臂，大叫。他不停地拍打哥哥的脸，又去捏哥哥的人中穴。

"噢。"哥哥终于发出了声音，是一声虚弱的叹息。

"哥，哥呀！你起来，起来！"弟弟拼力拖曳哥哥，但哥哥的身体仿佛冻在了冰上，一动不动。

"弟，火。"哥哥虚弱地叫。

"火柴，哥，火柴在哪？"弟弟冻僵的手去掏哥哥的口袋，但是，他没有摸到那印着高额头寿星老头儿的特制火柴盒。

"火，火！"哥哥叫着，想爬起来，但他觉得仿佛给抽去了筋骨，发不出力气来。

弟弟在冰圈中踅摸，在哥哥的脚边，摸到了硬硬的火柴盒。原来，哥哥刚才眼见烛火将灭，下意识地去掏火柴，可脚下一滑，跌倒了，火柴失落在脚下。

"火，火！"哥哥的叫声里，火柴在弟弟僵硬的手中擦燃，蜡烛重新点亮，冰灯摇曳的光亮中，弟弟终于搀扶起哥哥，两人一同跌跌撞撞围着冰灯奔跑起来。

"哥，别躺下！"

"弟，不躺下！"

"咱唱歌吧！"

"祝你生日快乐……"

微弱的歌声在冻海上微弱地响着，充满震撼人心的力量。

他们又一次摔倒了。两人都大口大口地去吞吃雪粉，嘴边长满了白色的冰霜，像两个白须老人。他们相互望望，都笑了，相互支撑着，又一次站了起来……

九

大风又刮起来啦。

浓雾厚重得乌云一般，冻海上浮雪飞扬，雪烟旋转，风声凄厉。潮水在冰下撞击，发出沉雷般的闷响。烛火闪耀，照出风的狰狞，映出雪的凶猛。一股旋风骤至，一下子把冰灯埋住半截，烛光渐渐弱小下去，火苗小得像一滴眼泪。小兄弟俩赶紧扒开积雪，让空气透进冰罩中。火苗蹿了几蹿，又拔高了一截。

小哥俩相互支撑着，又开始在烛光里的舞蹈。

那是最动人的舞蹈，脚步踉跄，却不停息；身影摇晃，却不肯倒下。少年兄弟俩不仅仅需要战胜风雪、寒冷、恐惧，更要战胜自己。困倦、疲惫随时会把他们打倒，假如没有烛光照耀，没有两个生命的相互支撑，他们的舞姿又会怎样？雪与雾笼罩着他们，烛光仿佛是舞台灯，映照一场惊心动魄的演出。

他们想象着城市有暖气的教室，面孔洁净的城市里的同学在唱着祝福的歌曲；他们也想象着爹爹，在空旷的大海上，摇一叶舢板夜渔；他们也想象着妈妈，把电灯移到窗前，照亮他们回家的鹅卵石铺就的门前小路。身边的世界因此亮如白昼。

烛光一闪一闪，那是对黎明的呼唤……

"哥，祝你生日快乐！"

"弟，祝你生日快乐！"

两个少年，就这样在凝冻的波涛上舞蹈着，寒冷远离他们的身体，恐惧躲进雾的深处，并且，黎明悄悄地向他们走来了。

"哥，我想妈！"

"弟，我也想妈！"

"那么多书还没看哩，哥。"

"咱有时间看的，弟。咱们要跑下去！"

"祝你生日快乐……"

"祝你生日快乐……"

十

那一夜，海岛上的居民彻夜不眠。他们分成几路人马，分头去寻找失踪的少年。

冻海之上，到处是起伏跌宕的雪沟、雪谷、雪坎，风雪的肆虐让冰海面目全非。

当海岛小学的校长领着一路人在黎明前最黑暗的时刻，看见前方一苗跳动的红光时，泪水顿时夺目而出。

那会儿，天已经晴了，雾也已经被风刮散了。

那苗火光在空旷的冰海上尽管显得微弱，但它把一座雪坨映得晶莹剔透，把少年的脚下闪闪照亮。

围着雪坨，两个少年相互搀扶，在烛光里面绕着圈跑，脚步踉跄，跌跌撞撞，却不肯停歇。不，那不是奔跑，他们是在赶路，是在追赶黎明。

在他们附近，半海里之外，前面是海水，左面是海水，右面也是海水。他们的位置，正是在冻海深处突出的冰岬上。

人们向两个少年奔跑而去。

人人都听见了那微弱的歌声。

"祝你生日快乐！"

"祝你生日快乐！"

人人都热泪盈眶。

冻海上的冰灯，终于点燃了黎明的光辉……

迷　鸟

一

少年云中看见冰海上驶来的那辆电动三轮车时，正在海滩上遛鸟。他并没想到那会和自己有什么关系。

渤海遭遇了六十年一遇的严寒天气，半个辽东湾都被海冰覆盖了。

海冰来临时，没有一点儿预兆。那时，欧洲丹麦正在召开哥本哈根气候会议，一批来自世界各地的风云人物，像煞有介事地讨论全球气候变暖问题；渤海辽东湾的菊花岛上，云中的爷爷，一个须发全白，下巴上总留着些硬硬胡茬的植物学家，刚刚采收了岛上的菊花。

风和日丽的大海是骤然之间被严寒包围的。那是少年云中十四岁生命中，遭遇的最恐怖的天气。

浓重的黑云最先笼罩海岛的上空，没有风，海面上白雾蒸腾。不，那不是雾气，是冰晶在空气中翻腾，用手一抓，会抓到一把各种形状的冰粒。

爷爷把别墅中壁炉的火烧旺，电暖器的热量开关旋转到最大，让云中和那只迷途的白鹤留在屋中不动，老人却去了花窖。花窖里春意盎然，他刚刚收获的菊花保留着成熟的花色，新育的菊花秧苗在禾床上一片新绿。海岛之所以叫菊花岛，就是因为岛上遍生菊花。

十几年前爷爷来岛上考察时，海岛是一座杂草丛生、无人问津的荒岛。但就在这位一生都在研究菊科作物的植物学家失望之时，目光却被西南向海的一块刺槐树林吸引了。枯黄的草地与零乱的灌木之中，爷爷发现了几张甜蜜温和的笑脸，与抖抖瑟瑟的季节截然不同。

那是野菊，正是爷爷苦苦寻觅的品种！爷爷马上决定退休之后来岛上定居。

风在窗外刮着。瘸腿的白鹤与少年云中寸步不离，把他当成了保护神。可那时，少年云中也正害怕得心都紧缩成一个冰坨。白鹤的细腿独立，一点儿也没有芭蕾舞剧《天鹅湖》中小天鹅的优美，更没有武术演员金鸡独立、白鹤亮翅的潇洒。

"小可怜的……"少年云中拥抱着白鹤，望着窗外阴沉得深不可测的天空和大海，一种莫名其妙的孤独深深地包裹着他。

大雪在下午四点钟开始落下来的。如果是晴天，那时太阳正发挥余热呢，还有一个小时，它才会依依不舍地慢慢沉落进西边的大海。

可是阳光却被云雾和密集的雪片遮挡住了，海天之间黑乌乌一片混沌。炉火在地炉中"哔哔啵啵"作响，少年云中和瘸腿白鹤的两对圆眼睛里都闪烁着火苗。人和鸟不时地互相望着，一副同病相怜的模样。

"好大的雪呀，幸亏提前预防。今年秋天晴朗少云，物极必反，我判断今年冬天的降水少不了的。"爷爷披一身雪花从花窖回来，在客厅门口用力跺着脚上的雪水。他麻利地从大衣里拿出一朵硕大的菊花，兴冲冲地对孙子道："云中，看，这是爷爷今年培育出的最大的菊花。做成菊花茶，一朵就能泡满一杯！"

爷爷把水烧沸，把菊花茶泡好，白发老人，身体细高单薄的少年云中，瘸着一只腿但羽毛白得一尘不染的白鹤，都在清新的茶香里沉默起来。雪花打在别墅落地窗的玻璃上，像一群群想躲避寒冷四处乱闯的蛾子。

那天夜里，少年云中在梦中不时被白鹤惊恐的叫声唤醒。后半夜开始，海上刮起了大风，地炉连接的烟囱被风吹得"呜呜"吼叫，好像要掏空小楼的内脏。海浪撞击着海岛，巨浪摔在礁石上的声音尖锐刺耳，像在一整车一整车地砸碎玻璃。

"别怕，有我呢！"少年云中去抚摸白鹤。鸟光滑羽毛下的身体骨感十足。白鹤太瘦了。它像少年一样，每天都忧心忡忡，一副不知食物滋味的焦虑样子。它把长长的脖颈伸向少年，黑暗中，少年能感受到白鹤孤独无助的眼神。他心里说："有我在，可是，有我在又有什么用呢？"他和鸟一样在黑暗里颤抖着。

熬到天亮的时候，云收了，雪停了。少年云中穿上军大衣，怀裹着白鹤一起开门。白鹤身姿高大，可是除了骨骼和长脖颈，还有那双受伤的翅膀，并没有多余的重量。少年觉得怀抱的不是一只大鸟，它实在轻得像揣了一张画。

东方升起一轮醒目的红太阳。少年和白鹤的眼睛被刺激一下后，同时看到了冰冻的大海。

晨光里，白发的植物学家正在抢救被一尺多厚的积雪压塌了一角的花窖。他嘴里呵着白气，眉毛上挂着白霜，像北京王府井大街上游行的圣诞老人。可是少年并不觉得爷爷的形象好笑，他已经很久都不会笑了。

"快回房间去，气温下降了二十多度，会冻伤人的！"爷爷嘴里呼出一团团白色的气体。

白鹤在棉大衣里刚探出细长的脖子，马上像被针扎了一样缩了回去。太冷了！空气里有无数根钢针在飞舞，少年也赶紧把头缩回了门里。

那天，少年和白鹤透过窗镜看到了封冻的渤海湾，直到现在，大海再也没有改变模样。

大海在严寒中止息了波涛，海岛也寂静得好像被世界遗忘了，只是白色冷峻的冰海上的一处突起。直到有一天，爷爷用卫星网络把冰海的照片贴到互联网上，人们才想起了渤海湾中的这处景点。

当第一辆三轮车载着附近城市的摄影记者，胆战心惊地驶过冰海时，小小的菊花岛上才又陆续有了游客……

今天，少年云中看见的那辆三轮车一样是塑料罩棚，一样是许多北方小城市街头上横冲直撞的那种，除驾驶员，可以坐两个乘客。

它不同的只是头顶罩着红塑料，以便在冰海上遇到危险时醒目一些。

那辆车最初只是一个晃动的红点，走到冰海半途时，似乎犹豫了一下，好像想掉头回去。但是，那辆普通的三轮车最后还是选择了前行，并逐渐挨近了海岛。

少年云中并不在意三轮车的登陆，只管遛鸟。海滩上的积雪被踩出了一条毛毛道，上面撒了防滑的细沙。近处积雪上，少年早些时候留下的歪扭脚印，已变成一个个冰壳。白鹤细腿上包裹着防寒用的棉布，身上穿了一件云中的李宁牌蓝色运动衣，看着像一个细腿伶仃的怪物。

正是中午，太阳温暖明亮，积雪正在消融，水汽蒸腾，发出"吱吱"的响声。白鹤虚弱的身子还是冷得瑟瑟发抖，像崖边槐树上那几片不肯落下的枯叶。

少年是在弯腰抱起白鹤那会儿，突然被人从后面抱住的。他挣扎了几下，只是象征性地扭动几下胳膊，就放弃了抵抗。

"放开我！不许伤害我的鸟！"云中在那人双臂紧箍之下，发出一声虚弱的喊叫。

海岛上并没有谁听见少年的声音。

原来，他并没有喊出来，那声喊只是在他心中响着。

少年云中已经一年多不说话了。

二

紧紧抱着少年的是一个中年男人，动作一点儿也不凶悍。他穿着深蓝色的驼绒大衣，戴着藏青色礼帽，脖子被一条黄点灰底的长围巾包裹着，只露出戴着白边眼镜后的那一小块脸庞。他抱着少年的手臂开始时是用力的，随后感到少年的身体像被抽了筋骨一样变软，接着就感到怀中的身体逐渐恢复力度，最后变得坚硬。他抱住少年有一分钟的时间，也许更长一点儿。当怀中的少年变得坚冰一样冷硬起来时，他无奈地放开双臂，接受了少年拒绝自己的事实。

云中刚刚嗅到男人身上熟悉的气息时，他发觉自己正在中年男人怀中融化，就快变成软体动物八爪鱼了。但是，少年马上把自己复原成钢筋铁骨。他始终没有回头去看身后的人。中年男人放手时，少年头也不回地向前迈出了脚步。

白鹤大叫一声，从少年云中的肩上突然甩出头来。挨得很紧的中年男人吓得一闪身，险些滑倒在雪地里。

少年细高的身体被绿色的军大衣裹着，脚步有些趔趄。他不回头看那个狼狈的中年人，径直走向海岛半山腰处蓝框白墙的别墅。

中年男人呆愣了一会儿，明白那探头的怪物不是蛇，应该是一只长颈的鸟时，他重新站稳了脚，悄悄地跟上了少年的步伐。

　　须发皆白的植物学家那会儿刚刚从花窖里出来。他把海滩上发生的一幕全看在了眼里。他想喊那个登陆的人，但是，他只是无奈地摇摇头，没有出声。

　　天气晴好，远方陆地上的海滨小城十分醒目，林立的高楼在太阳下折射出蓝光，闪耀着玻璃幕墙特有的光泽……

三

　　冰雪包围的海岛在晚霞的映照下宁静、恬淡，没有海浪在四下里喧嚣，空阔的冰海像北方的平原一样辽阔无边。海水在很远的地方，在海岛上遥望，远得只是一条抖动的淡蓝色水线。

　　那一会儿，几百平方米的阔大花窖里春光四溢。轻钢龙骨的花窖被双层玻璃三面罩住。一边是翠绿的凤尾竹，一边是盆栽的松树，还有粉色的兰花在角落里芬芳盛开。更多的是菊花，有绿色的雏菊，有含苞待放的花蕾，有热热闹闹展示黄色花盘的金菊。早些时间采摘的秋菊，更是铺满半个花窖，满城尽带黄金甲一般。

　　花窖里有四个脊椎动物，祖孙三代人，加一只迷鸟白鹤。

　　那个坐三轮车犹犹豫豫上岛的中年人是云中的爸爸，白发植物学家的儿子。

　　中年男人已从走冰过海的恐惧中恢复过来。此时，他脱掉外套，换上一件紫红色的毛衣，露出围巾后的那张面孔。这是一个温和的男人，面色有些疲惫，眼镜后有些忧郁的眼睛里不时地露出歉意，有些松弛的嘴角不断地冲老人和少年展示讨好的微笑。

少年任凭白鹤依偎，他的目光始终是直线的，常常盯住一个方向，盯住一个点，中途不会转弯。此刻他正盯着一朵硕大的菊花。

菊花有一张向日葵般的大脸盘，花瓣从中心向外翻卷。夕阳的余光透过窗镜，照在花盘上，花色湿润温馨，宛若凝膏。

"哦，那是我育出的花王，是用黄山的圆菊和岛上的野菊杂交而成的。你知道吗？我找她找了多久？从黄山一路找来，直到这名不见经传的小岛。科学就是需要发现和严谨的精神。"爷爷随着孙子目光的方向，喋喋不休地向儿子展示自己十几年的成果。

他是这个小岛的主人。当地政府为这个来自首都的科学家提供了最好的科研和生活条件，并把海岛的开发利用权无偿地划拨给他。

但是，老人发现，儿子虽然不断地冲自己点头，但总是精神溜号。

儿子在不停地偷偷看他自己的儿子。虽然为了配合白发父亲，他甚至走到那朵花之前，埋下头嗅嗅花香，但是，白发植物学家明白，儿子的动作不是做给自己的，他不过是为了引起少年的注意罢了。

少年却对视线里爸爸的身影无动于衷，他像窗外海滩上的礁石一样寂静，使得爷爷、爸爸的表演效果大打折扣。

"佳汇，你今年又有新书出版吗？"爷爷把自己的成果充分展示后，把话题转向了自己的儿子。

"佳汇"是云中的爸爸的名字，他是京城挺有名气的诗人，职业是娱乐媒体记者。

可是，诗人的回答没有声息，只是一个动作。他先是摇摇打了摩丝、表面油光晶亮的头，接着耸耸肩，摊开一下双手，做完一套表示遗憾的标准动作。

白发下的目光和诗人眼镜片后的目光对视了一下，他们同时把目光转向搂着白鹤的少年，流露出共同的忧虑和无奈。

少年是在一年前的一节语文课上开始不说话的。课堂上，老师让云中朗读一首课本上的抒情诗。少年慢腾腾地站起来，干巴巴的嘴唇动动，却没有发出声音。女老师鼓励地说："云中同学，你是公认的最适合朗读抒情诗的学生，老师和同学们都在等待你专业水平的播音呢！"可是，五岁开始在北京市少年宫接受专业训练，并获得过中央人民广播电台专家指导的云中，还是没有发出声音。

从那时起，被同学们评为本年级最阳光的少年云中，再也没有说过话。他好像一下子对这个世界关闭了心中的大门。

白发植物学家看着两个晚辈，他听见了自己那个善于表达的诗人儿子，从压抑的心中发出了一声长长的叹息……

四

连续几天，天空晴朗，空气清澈，但海上的气温都接近零下二十摄氏度，海冰冻得坚硬无比。在陆地上遥望，海岛隐隐约约浮现在白色的冰雪世界里，几只巨大的发电用的风车摇动桨叶，太阳能晶片供暖的花棚闪动莹光，别墅飘出木炭燃烧的烟气，宛如海市蜃楼一般，亦真亦幻。这些美丽的景观都是老植物学家倾尽毕生心力创造的。

那个最早报道首都来的白发植物学家事迹的记者，已经成了海岛的常客，他总是在第一时间发表海岛的新闻和照片。岛上出产名贵杂交菊花，并建成了一座现代化生态海岛的消息，激发了游客参观的兴趣。跑冰过海，欣赏海景、名菊，人文野趣相互辉映，冰封的海岛上，植物学家每天都会接待十几拨客人。

"春天，海岛在烟气中浮现；夏天，海岛敞开海滩柔软的胸怀；秋天名贵的菊花展示迎客的笑脸；冬天皑皑白雪让我们如此接近自然……"诗人佳汇在别墅里写诗，他偶尔赞美白发苍苍的父亲几句："我有诗人的气质，都是因为您的遗传，我看您不仅是科学家，还是行为艺术家呢！"岛上的花工和旅客接待员都回大陆过春节去了，诗人佳汇担当了他们的角色。忙碌之余，他担忧的目光总是追寻着儿子云中，心中充满了深深的自责之情。

儿子怎么会变成现在这个样子呢？真是悔之莫及呀。

　　知名科学家的儿子，著名诗人和首都名记，一流的口才和潇洒的外貌，佳汇因此在京城的文化圈中十分活跃。国内国外到处采访的工作，他过的是候鸟一样飞来飞去的生活。他的妻子，不，是前妻云中的妈妈，在国际旅行社当导游，也是和他一样的空中飞人。

　　夫妻二人有许多次相遇，都是在空中各自乘坐不同的飞行器，在云中擦身而过。当他们没办法再推迟生育计划，在妻子即将成为高龄产妇时，有了儿子，两人同时想到给儿子起名"云中"。云中的诞生并没有改变父母飞来飞去的生活方式，他几乎是幼儿园、小学、初中一路住宿学校长大的。那些都是京城里最好的教育机构，幼儿园是双语教育，小学、初中更是著名昂贵的私立学校。虽然和儿子聚少离多，父母都觉得儿子的生活应该是充满优越感的。他们常常得意自己的生命杰作，就是这个独立成长的阳光少年。

　　可是优秀、聪明、开朗的儿子怎么一下子就关闭了与人交流的大门呢？

　　唉，一切都是因为和云中妈妈婚姻的结束。那一年，诗人佳汇和妻子一样，在飞来飞去的生活中迷失了自己。他在知道妻子爱上一位瑞士钢琴家之后，以最快的速度飞去白云之城广州，住进了一位专业美声歌手的高级公寓。

　　儿子正是在知道这一切之后，突然变得沉默寡言的。是呀，一直在云中顺风飞行的少年，突然遭遇了逆流，连选择的权利都没有，那个在亚运村高档公寓里的家，突然变成了只有他一个人的空巢。

怎么会这样呢？他怎么也想不明白。他没有哭闹，而是选择了沉默。

知道儿子的变化，一个在广州、一个在欧洲的昨日夫妻，没有回心转意，继续沿着各自的生活轨迹前行，并且双双选择了把儿子寄存在白发植物学家工作和生活的海岛上。他们侥幸地想，少年的失语也许是一时的想不开吧？

唉，谁知，儿子的病情会如此严重呢？

父亲佳汇的眼中，儿子的背影是单薄、孤独、寂寞的，像一块沉入水中，只是偶尔探探身躯、嶙峋瘦削的礁石。

那只白鹤一副与儿子云中相依为命的样子。鸟从不和佳汇亲近，只是和少年形影不离。

从植物学家父亲那里，诗人知道了，那白鹤是一只迷鸟。这座海岛正位于千年鸟道上，每年，成群结队的候鸟都要从这里经过。

秋末冬初从北向南飞，春天从南向北飞。鸟群常常会在海岛上栖落，补充食物和淡水。海岛虽小如渤海里的一朵菊花，岛中间位置却有一汪天然湖泊，岸边更是有大片沼泽湿地，适合候鸟们短暂停留。

十几年来，植物学家精心呵护，基本上恢复了岛上的生态平衡，这里更是成为候鸟的驿站。

这只白鹤就是受伤之后留在岛上的。秋天，落在岛上的鹤群又要在星空下远行，这只白鹤却挣扎着无力飞天。望着渐渐远去的鸟群，亲人和伙伴儿的身影愈来愈小，最后消失在渺茫的星空里，受伤的白鹤叫着，在沼泽地里哀鸣。人们发现它时，鸟已经奄奄一息了。植物学家无可奈何，叫花工把它放养在岛西的槐树林里自生自灭。少年云中却把它抱回了家，并且救活了它。从此少年和鸟相互依偎，成了最好的伙伴儿。

哦，正因为目睹了少年和鸟的亲近，老人相信云中的心中并不是一潭死水，才不断催促诗人来海岛过春节。

云中却对诗人爸爸的到来没有任何反应。那个穿着色彩扎眼的衣服的爸爸在岛上晃来晃去，少年却对他的存在视若无睹。他没有正眼看一眼爸爸带来的新衣和书籍，还有羽毛球拍和遥控飞机。

儿子无动于衷，诗人佳汇内心不断生发的亲子之情，在辽阔的冰海上变得越来越寂寥和悲凉。

五

少年云中的妈妈瑞云是在一天黄昏时分登上海岛的。

她也是坐电动摩托车来的，脚步迈上海岛的沙滩时，吓得几乎要虚脱了。

春节临近，连续气温回升，天气变暖，海面的冰纹里雪水消融，她坐的摩托车排气管进水，半路上熄火了。那时正在涨潮。海水在冰层下汹涌激荡，发出"轰隆隆"的巨响，冰面发出"吱吱嘎嘎"的碎裂声，坚硬的海冰似乎随时会土崩瓦解。

本来，陆地的岸边上海洋管理部门早就在警示海冰的危险，并开始拦截走冰过海的人们。瑞云妈妈思子心切，是花了比平时高几倍的价钱，才有人肯偷着载她过海的。

她在冰海上不停地催促摩托车司机，让他快一点儿，再快一点儿。

害怕归害怕，她根本就没想半路回头。

尽管迈上海岛的双腿是软颤颤的，但她很快就恢复了一个走南闯北飞来飞去见过大世面的国际导游的面目，是呀，自信才是她的常态。

但是，瑞云妈妈看见儿子的时候，心还是一下子紧缩起来，惊吓出一身虚汗的身体，冷得仿佛掉进了冰海里。

那时，海岛的岬角上，站着一个蓬头垢面的少年，他穿着臃肿的绿色棉军大衣，怀抱着一只怪鸟，正望着大陆的方向发呆。

当瑞云妈妈把这个明显病态的少年，和自己一脸阳光的英俊儿子联系在一起时，立刻觉得天旋地转起来。

远处的陆地已变得模糊一片。高楼上开出了星星点点的灯光。

春节快到了，爆竹和烟花不时在陆地各处无声升起，点缀着一步步逼近的朦胧夜色。

"儿子——"不是叫，几乎是一声母狼才会发出的长嗥，瑞云妈妈向晚风中眺望的少年云中扑去。

妈妈的怀抱带着遥远的异国的气息，带着万里跋涉的风尘，还有痛彻骨髓的思念。

可是，她拥抱住的那个少年却像海冰一样凉沁，几乎没有一个活物的体温。

但是，温热的母爱是可以融化坚冰的，久违的母亲的气息差一点儿让少年云中窒息，他觉得自己马上就要化成一汪温热的水了。

"咯——"白鹤被一双陌生的手紧紧抱住，动物的本能让它拼命挣扎，毫不客气地甩开长颈上的头，恶狠狠地在瑞云妈妈的脖颈上啄了一口。

"呀！你，怎么抱一只怪鸟？快放开，儿子，云中，快放开！你不知道吗？全世界都在流行禽流感！"瑞云妈妈跳开来，要去打掉儿子怀中的白鹤。

可是，妈妈的错误行为，已经让少年云中恢复成一块拒绝融化的坚冰。他没有表情，目光直直的，越过妈妈的头顶，转过身体，趔趔趄趄地向别墅走去。留给瑞云妈妈的，是一个渐渐模糊的黑色背影。

"儿子！我是妈妈！"瑞云妈妈跺脚冲那笨拙的身影大叫，母爱的呼唤像撞在礁石上一样，没有任何反响。

"哇！"瑞云妈妈在空空荡荡的海滩上放声大哭。儿子的状态让她伤心欲绝，脚下的海岛像地震一样颤抖起来……

六

瑞云妈妈发病前经历了以下这些情节：

她先是被白发植物学家搀扶着，一路抽泣着走进了别墅，并一路上接受老人的劝解："别哭，别哭，孩子的病已经好多了。刚上岛时比现在还严重，他和白鹤交流得非常好。放心，再有一个春天，他保证会复学的。我以一个科学家严谨的态度向你保证！否则，我会让你们来这里吗？"

瑞云妈妈走进别墅时，终于在表面上复原了一个职业女性的自信和干练。

她大大方方地和前夫打招呼："孩子他爸爸，我们三口人，终于又团聚了。"

佳汇并没表现出尴尬，也和瑞云妈妈打招呼："呵呵，儿子联系着我们的血肉，打断骨头连着筋，儿子是我们的筋！"

说话时，他们不时去看楼上。

他们共同的孩子就在楼上自己卧室里呢。

所以，以下的对话，两个中年人是故意大声说的。

"我无论怎样都要来看儿子！为了儿子，我可以不再回欧洲。"妈妈说。

"我在天涯海角也要赶着回来。呵呵，本来我计划在三亚过年，可是，心里怎么能放下这一老一少呢？"爸爸故作轻松地说。

"你能这样做，可真是难得呀。"妈妈答。

"真是有缘千里来相会呀！"植物学家也加入了对话，他的声音虽大，却没能缓解尴尬的气氛。

"爸爸，您可是比您的儿子更浪漫的。盖一所房子，面朝大海，春暖花开，这是诗人海子的诗歌。您的生活不就是在诗境里吗？呵呵，难怪您的儿子是诗人！"瑞云妈妈照样叫植物学家"爸爸"，叫得一点儿也不拗口。她已叫老人十几年"爸爸"了，不仅是叫顺口了，她少年时期失去爸爸，一直把老人当亲爸爸对待，内心中她从来没有因为自己的婚变，而和老人产生距离感。

"你们年轻人呀，就喜欢候鸟的生活，我可是一只白头翁，一只老留鸟……"老人笑起来，努力创造其乐融融的家庭气氛。

吃完晚饭，客厅里关了灯，为了透过落地玻璃，观看陆地上眼花缭乱的烟花。

一年一度的新春佳节要到了，此时的北京应该更热闹吧？

楼上的少年和白鹤悄无声息。楼下的大人们说话太多，已经口干舌燥。他们无声地在各自的沙发里坐着，保持着客客气气的距离。

不知什么时候，不远万里飞来，还没有倒过来时差的瑞云妈妈睡着了。

就像她平时在旅途上一样，找到空闲她就要迷糊上一会儿。

窗外，刮的是暖融融的南风。远方的深海之处，浪涛汹涌，冲撞着冻海，不时传来"嘎啦啦"的冰裂之声。

"要开海啦。窗外刮的是破冰的大风。"老人给瑞云妈妈盖了条毛毯，自言自语。

"如果不能跑冰，我们可怎么去陆地呢？"佳汇心事重重地说。

上弦月下，大海深处正在酝酿一场巨大变动。几丈高的巨浪把海冰掀起来，半米厚的海冰不堪一击，像玻璃一样被一块块摔碎。

大海像一个调皮的男孩，一会儿把冰块摞起来，一会儿又像推倒积木一样，把足球场大的冰块抛进波涛里。

海岛微微颤动。从南而来的巨浪，正一路摧枯拉朽，破冰而来，一步步逼近这大海中孤独的小岛。

<h2 style="text-align:center">七</h2>

瑞云妈妈的病来得恐怖、迅速，像风浪中的大海一样惊天动地。

"儿子！"她半躺在沙发上，先是在睡梦中大叫一声，接着"哗啦"一声，失声大哭。

过去的四十八小时，她经历了从欧洲到亚洲的飞行转机飞行，之后又坐长途汽车从北京颠簸到渤海边的小城。没来得及喘息，就心惊肉跳地坐三轮车跑冰上岛。目睹了儿子的病态，想着无法复原的生活，还有她无法言说的、压抑在心中的、对新婚姻的彻底失望，她知道自己支撑不住了。梦中，她变成了一只仙鹤，一只迷途的仙鹤，静静地依偎在儿子的身边。

假如儿子接受，瑞云妈妈多愿意变成一只仙鹤呀！飞来飞去的生活中，失去了过去的家庭、初恋的爱人，还有可爱的儿子，自己不也是一只迷鸟吗？迷失在人生的漫漫长途之中……

"儿子！儿子！"瑞云妈妈哭叫着，想站起来，想走上楼去，到儿子云中的房间。可是，她刚迈出两步，就一头栽倒在客厅的地板上。

"瑞云！孩子，瑞云！"客厅的灯打开，白发植物学家连忙用手去摸那个曾经的女儿一样亲切的儿媳的额头。他被烫着了一般，几乎跳了起来。

"佳汇！瑞云高烧得厉害！"老人叫。

"瑞云！瑞云！"佳汇爸爸的手也被瑞云妈妈的额头烫着了一般。

瑞云妈妈在地板上躺着，口里喃喃自语，脸上涕泪横流。那个坚强、干练的职业女性不见了，地板上的是一个身心俱疲的柔弱女人。

"爸，有药吗？"佳汇冲老人叫。

"都是些常用药，不管用的！况且，不能确诊她是什么病。她跑了上万公里，经过疫区的，谁知会是什么病呢？"老人这时仍保持着科学家的严谨态度。

"得赶紧送医院！"佳汇爸爸叫着，连忙去上衣口袋里掏，好久才掏出一个纸条来。他如找到了宝贝一般，慌乱地去拨卫星电话。

纸条上记着送他上岛的那个摩托车手的号码。

忙音！再拨，还是忙音！

是的，时间已是下半夜。陆地上的烟花已经熄灭了，城市的霓虹灯也大都关闭了，上弦月沉入海里，一切都睡着了，海岛周围的世界一片死寂。

120 电话被接通了。接线员迷迷糊糊地应付了几句，直到听说病人在菊花岛，才突然变得清醒了，她在电话那头喊："救护车只能在陆地码头上接病人，天气预报说，这几天渤海湾就要解冻，根本不能下海……"

瑞云妈妈已经被父子搬到沙发上躺着，不停地喃喃自语："云中，瑞云的云，心中的中，儿子，你永远在妈妈的心中！面朝大海，春暖花开！"

佳汇爸爸眼镜片后的眼睛布满红丝，他已经乱了方寸，不住地揪自己的头发："我怎么变得这么乱七八糟呀！唉，唉！"

"这是什么？"这时，方寸已乱的佳汇忽然看见老植物学家在地上搬来了几块木头，赶忙问父亲，他以为老人也被瑞云突如其来的病情吓糊涂了呢。

"这是冰车。木板下有钢条做的滑道，本来是海岛上去大陆拉柴米油盐跑冰用的！"老人平静地应。

"您是说，我们跑冰，拉瑞云去陆地？"佳成眼镜片后的眼睛几乎快瞪裂了，他看怪物一样看着自己的父亲。

"时间就是生命！"老人说着，转身去把毛毯、被子在冰车上绑好。他冲儿子低沉又不容拒绝地喝道："发呆干什么？快把瑞云抱到车上！"

"可是……"佳成看着白发苍苍的老人，犹豫不决。

"我不老，过了年才七十三岁。"老人还故意幽默了一下。

"别等了，走吧！"老人坚定地说，伸手去抓冰车的纤绳。

窗外，满世界都在呼啸风声，震荡冰裂的巨响。

<h1 style="text-align:center">八</h1>

冰车设计得很简单，一人拉绳在前，一人推车在后。钢条在冰上滑动，可以充分减少摩擦并保持平衡。

冰海之上，佳成爸爸在后面推车。纤绳搭在前面一副瘦瘦的肩膀上。

那是少年云中。

云中下楼时无声无息，像空中飘落的一片树叶。他从楼梯上下来时已把自己武装好：身上穿的不是军大衣，而是妈妈从瑞士带来的有风雪帽的红色羽绒服，脚上穿着爸爸在北京赛特商场买回的高靿风雪靴。灯光下，他的眼睛闪亮湿润的光芒，脸上闪动青春少年特有的光洁，佳汇爸爸一惊，他看见了以前那个精神十足的儿子。

云中当然没有忘记自己的伙伴儿，那只白鹤。此刻，那只迷鸟变得神采奕奕，就在少年胸前吊的包里。它伸着长长的脖颈，头从包里探出来，目光发亮，像一只手电筒。

少年夺过爷爷手中纤绳的动作是坚定、有力的。老人看见少年的目光就像花蕾打开时一样芬芳，像晴明的海上月光般清澈。老人一瞬间读懂了一颗苏醒的心灵……

陆地在北方。人往北方走，风在背后吹。

小岛的南边，疾驰的冰车后面，是隆隆作响的冰裂之声。大海在玩破冰的游戏，坚硬的海冰被波涛震碎，就像巨人在玩儿童的积木般轻松。海冰的裂纹声"嘎嘎"锐响，快速地追击着跑冰的人。

远看平滑的冰面，走近后并不平坦。大海封冻的过程不同于江河湖泊。海水先聚集起冰凌，析出水中的盐分。冰凌越聚越多，相互挤压，逐渐形成一个个巨大的冰块或冰坨。如果结冰时有风浪，冰块在挤压中会不断破碎、分裂，之后又不断破裂、重组。冰海封冻严密时，冰面上就形成了许多冰棱、冰坨、冰沟。

看似平静的海冰表面危机四伏。少年在前，低抬脚，小步碎跑。

胸前的白鹤探出长长脖颈，头冲着陆地的方向。白鹤不愧"仙鹤"的美誉，它能望着天上星系辨别方向。黑暗中，它就是少年的指南针。

瑞云妈妈的呢喃声音在口罩和围巾后变得模糊不清。但每一声在云中的心中都像春风拂过，让他紧缩的心像吸足了水分的芽苞一样绽放开来。"妈妈，亲爱的妈妈呀！"他不断地在心中呼喊着。

佳汇爸爸虽然手中有推车的木把支撑，但还是跌了几跤。这个浪漫的书呆子，跌倒时还不忘背诵呼号呢。

"从哪里跌倒，就在哪里爬起来！"爸爸大声地鼓励自己。

哎，这样可笑又率真的男人，才是自己的爸爸！少年边跑边想。

"儿，儿！"胸前的白鹤不停地扭动脖颈，在苍茫的海天之间校正方向。

天空深不可测。几十厘米厚的冰层下面，就是危机四伏的大海。

重逢的父、母、儿子，就在这样的黑夜里向前奔跑着。

"嘎，嘎——"海冰在身后咧开大嘴，不停地咆哮。云中他们在前面跑，海浪狼群一样在身后追赶。巨大的冰块在风浪中挤撞，被疯狂的巨浪抛起来，恶狠狠地把面前的坚冰砸得粉身碎骨。

前面就是陆地了，接应的救护车已经开到岸边，两只车灯一闪一闪地迎接着他们。

但是，车灯绝望地闭上了眼睛，是因为不想看见冰海在三人身下碎裂的瞬间吗？

九

早晨，初升的太阳看见了渤海湾中的小岛。看见了历经风暴浩劫后破碎的大海。

那时，狂风已收敛了狂躁的翅膀。海水正在退潮，表面十分平静。

大大小小的浮冰在蓝色的水面上浮动，像被巨人随手抛弃的积木，正在随潮流退向大海深处。

是呀，微风起了。风向变了。

南风转北风，从陆地向南吹去。

一块足球场大的浮冰上，拼出了巨大的"SOS"图案。

那个"O"字特别巨大。

太阳仔细看看，才明白，那是三个人，手拉手在一起组成的心形图案……

远行的鸟群

一

秋冬交替时节，海岛的天空是湛蓝湛蓝的，尤其在白云的衬托下。

大海的蓝是纯净的清澈的蓝，尤其在帆影的装点下。遥远的陆地是一片苍蓝，特别是在远行的鸟群的映衬下。

夏天，潮水般涌来的游客像浪花一样在海岛的沙滩上消失得无影无踪，海岛上留守的居民们收起了五彩的遮阳伞，关闭了红红火火的渔家小旅馆，放弃了卖贝壳、鱼骨、浑圆剔透的海卵石的生意，大多都坐船到大陆打工去了。年轻力壮的渔民都去远海打鱼了，歇在家里的大多是老人和孩子，还有一群十几岁辍学在家的初中生。

是呀，有什么办法呢？去大陆念书要住校，可是几年过去，又有几个人能考上高中再考上大学呢？海岛上的小学不开英语课，开学后成绩就被城里的同学拉得远远的。那些失去信心的海岛少年干脆就打起行李，坐上每天一班的小客轮，回海岛上闲散起来。

海山是个矮壮的少年，虽然只有十四岁，却可以搬得动码头上的石碇。那石碇是风平浪静时锚小船的，可以移动。平时它稳稳地扎在石头砌的硬地上，足有二百斤的重量，大人也要几个人联合推动它。海山却能一个人"嘿"的一声就把它抱起来。老村支书说："海山，你可以去北京参加奥运会举重了。"海山舒展着清淡的眉毛一笑，圆圆脸上泛起两团红晕。他是个内向又羞涩的少年。

海风一天比一天变凉。某一天，风向变了，天空中一片迷茫，来自蒙古高原的沙尘翻过远处灰色的燕山山脉，漂洋过海光临海岛了。要变天了。海山知道，海岛又有一批重要的客人要光临了。

每年都一样，迎送这些客人的任务都是交给一茬茬的海岛少年来完成。这一年轮到海山他们了。

是的，在海岛十几个少年中，海山的人气最旺。这不仅是因为他身体健壮，还因为他已经连续几年参加了这样的行动，并且是被当成"后备干部"培养的。

娟子、白净、毛杆儿、刘天，还有高高矮矮的其他十个人，都到了岛西的湖边。他们就要迎接又一批来客了。

二

这是一批红脖大雁。

它们出现时黎明的太阳刚睁开眼睛，海天之间一片凝结的红色。

远处的大陆在晃动的海波中隐隐浮动，海市蜃楼一般。

红脖大雁出现的时候，让人以为是朝霞的碎片在飞溅呢。

开始时是先头部队，二十几只大雁，排成一个标准的人字队形。

临近海岛时，低空盘旋，"嘎嘎"啸叫，吓得在湖中觅食的岛上的留鸟惊飞起来，蹿入渔村中各家各户的屋檐。雁阵变换着队形，环岛飞行，确认没有风险时，领头的几只大雁蹿上高空，对着大陆的方向，齐声"嘎嘎"啸叫。很快，大批的雁群遮天蔽日而来，仿佛一片祥云。海浪拍岸的声音都给盖住了。

雁阵是从遥远的蒙古草原飞来的。它们总是在黄昏时起飞，按着星星的位置确定方向。黎明时分降落在陆地上寻找食物，补充能量。

每年它们都要在这个海岛上小憩。

是的，海山他们所在的菊花岛，就位于候鸟们迁徙必经的鸟道上。

没有人知道这条鸟道究竟有多少年了，海岛居民几代人都在迎送路过的鸟群。

海岛上的植被非常好，生长着很多沿海陆地上没有的植物。

长辈们说，那都是鸟给带来的福气。海生他们从生物课上学到，迁徙的鸟们本来就是传播种子的载体。那载体就是他们的消化系统。

海岛的自然环境特别适合候鸟们迁徙途中休息。山坡上的松树结下的松子饱满清香，槐树荚里的果实成熟鼓实。特别是海岛西边那个巨大的湖泊，每年从海岛高处流下的雨水都在那里汇集。水流带来了花草的茎叶子实，还有各种微生物。湖水十分肥美，是各种生物的天堂，里面生满芦苇、菖蒲、莲藕和水萍。低洼的地方，涨大潮的时候海水会漫到湖水里来，淡水海水交融，更吸引了各种鱼类、藻类、贝类、甲壳类等水中生物来繁衍栖息。更奇妙的是夏天满澄澄的湖水，在秋风刮起时开始消退，在深秋之时已经完全裸露出潮湿泥泞的湖滩。湿地上各种生物正好成为候鸟的食物。

海山他们这些少年的任务就是迎接并守护这些鸟群，让它们补充体力后继续赶路。候鸟来到时，人们不能穿色彩鲜艳的衣服，机动船要熄火，村庄里的猪要圈在栏里，狗要用铁链拴上，牛羊只可在背光的山坡上吃草，谁都不可以惊扰那些远方来的客人。

有时，鸟群过于庞大，负责守护任务的少年们就要去各户收集鸟食，那是些鱼骨、虾糠、贝壳、粮食等混合搅拌的食物，是绝对的天然食品。那时，他们都变成了城市广场上喂鸽子的少年。

正是因为海岛上的人们对迁徙候鸟的呵护，这条鸟道才一代代传了下来。

这天海山他们迎接的大雁群不算大，也就一二百只。雁群落到湖边的沼泽地上，立刻开始美食起来。

海山他们分成了几个小组。娟子和白净两个小组长分别带一组人去把守村口和码头，毛杆儿和刘天各带一组人看着山坡上的牛羊等家畜，海山带一组人埋伏在湖边的小树林里准备应付突发事件。

大雁们一定是饿坏了。沼泽中的小鱼小虾、蛏子、蚶子，还有甜润的芦根藕茎，成为它们最好的食物。它们非常地警觉，雁群在进食的时候，派出哨兵在空中巡逻。天气晴朗温和，大海在蓝天之下平静舒展，海岛悄无声息，村庄里的炊烟都洋溢着一团和气。放哨的大雁不时发出报告平安的"嘎，嘎"叫声。

偶尔，会有几十只大雁从沼泽地上飞起来，在蓝色的海面上翱翔、盘旋。它们在空中排出的夹杂草籽的粪便，落进大海里，成为鱼虾们的饵料。难怪海岛上的老人们说，候鸟来得越多，渔汛就更多呢。

黄昏时分，夕阳的霞光还没有消退时，这一批客人就要飞走了。

雁群开始在干燥一些的湖地上集结。领头的大雁最先腾空而起，"嘎，嘎"地在空中鸣叫，好像在点名一样。接着，雁群呼啦啦有序地腾飞起来，开始在天空中组队。当海面的蓝色变得黯淡之时，沉入大海的太阳只剩下余晖把高空中的雁翅照亮，雁阵变成了一片粉黛的祥云，环岛飘移。那时，村庄里的男女老少都走出门来欢送即将远去的鸟群，猜测这些神鸟带来的各种祥瑞之兆。

北斗七星在深蓝色的天空中隐隐闪亮的时候，雁群才飞离渤海辽东湾中的这座小小的海岛，在浩瀚的星空中飘向远方。

海山他们完成了一天的任务，各个回到家中，在梦里和远行的鸟群一起远行。

三

码头上停着一艘红白相间的快艇。夏天，这种快艇在海岛上有许多，都是供游客在海面上体验乘风破浪的感觉的。旅游旺季过去，快艇就像草棵里飞溅的蚂蚱一样无影无踪了。

码头上站着一个从快艇上下来的俊朗少年，十四五岁的样子。

他穿着一身白色的运动衣，头发有些自然的卷曲。海山他们走近时，少年正专注地吹一支奇怪的乐器。不是笛子，也不是箫，是一根锃亮的铜管，像是一枚大号机枪弹壳。那，奇怪的乐器中有阵阵波涛声席卷而来，击拍石岸，浪花激溅。

"朋友们，你们好，我叫率明亮。让我们认识一下吧。"少年突然止住了乐声，快步向海山他们走来。

娟子看着少年，眼神有些痴呆。她是海岛上这一茬少女中最靓丽的一个。可和这位率明亮比较起来，她突然觉得自己就像童话中的灰姑娘。

"你好，菊花岛欢迎你。"海山已迎上前去，伸出手来，想去和率明亮握手。但白衣少年并没有什么表示，他突然伫立在海风之中，一动不动，与海岛少年保持着一米以上客气的"外交距离"。

海山很尴尬，探出去的手不知道是否应该收回来。

"喂，你是干什么的？不会是坏人吧？"白净对陌生少年的轻蔑很生气。白净长得一点儿也不白，是个典型的海岛黑姑娘。她粗壮敦实，浓眉大眼。她出生时妈妈问接生婆："是个白净的丫头吗？"

回答当然是"是"，她就叫白净了。

"呵呵，我像坏人吗？"率明亮冲着少女笑，唇红齿白的一个俊朗少年，怎么可能是坏人呢？白净先羞涩起来，但是她还是嘴硬，抢白说："你是不是坏人，脸上又没有贴标签，我哪里看得出来？"

"呵呵。"少年还是笑呵呵的，并不生气，问道，"这里还有渔家旅馆营业吗？我要在海岛上玩几天。当然，不仅仅是玩，我是来开发旅游资源的。"率明亮说着，径直向村庄里走去。

"娟子家的旅馆还开业呢，接待零星的散客。"快嘴的白净叫道，"娟子你快去给客人领路呀！"

来的都是客，海岛少年们轻易地就解除了对陌生人的敌意。

"喂，你听着，在岛上不可以穿怪衣服，不可以大吼大叫，不可以到处乱串。这是我们这里的规矩。"白净在后面喊。

"放心，我会告诉他的。"娟子答应着，追上了率明亮，走向渔村。

海山在码头上站着，一动不动。他回味着娟子刚才的眼神，心中涌起一股莫名的怪味。

"海山，今天我们干什么呢？"毛杆儿问。

"大家去检查一下，看看树林中昨夜有没有病伤迷鸟留下来。各个小组分头行动吧。"海山答道。

少年们便分头去不同的树林。每年，迁徙的鸟群中都会有中途掉队的老弱病残，这个时候，少年们就要负责收容它们，谁收容的谁家负责养鸟过冬。待来年迁徙的鸟群从南方飞回来时，再让这些迷鸟归队。

四

第二天，天边刚刚露出熹微的亮色，海岛上就响起率明亮吹奏的乐声。

他换了一身海蓝色的运动服，早早地从娟子家的小旅馆出来，来到岛西的岬角上。身边跟着少女娟子。他有些小小的得意，从娟子羞涩痴迷的眼神里，他看到了少女心中漾动的涟漪。有这种眼神的女孩子，最容易神魂颠倒了。

这天的海风格外轻盈。太阳升起之后，清晨的海岛就开始变得暖洋洋的。那时节，林中的枫叶已经开始大片大片地掉落，山地上铺了一片金黄的碎片。松塔不时发出清脆的炸响声，松子随之落入草丛里。遥远的海面上是远洋货轮的航道，几只红白相间的巨轮缓缓移动，在蓝天与大海之间宛如谁失落的小小棋子。

这时，海岛的少年已经跟随海山来到了西岸的湖边。人群中多了那个客人率明亮。

"鸟群来了！"娟子叫了一声，手指向北方。

高远的天空中，一片乌云飘来，硕大无朋，遮天蔽日，无声无息。

是鸟群！鸟群似乎无意在海岛停留，临近海岛之时，并没有降低高度。

"呜，呜"，海山带领大家站立在湖边，待鸟群到达海岛附近时，冲鸟群呼叫起来。他们从口袋和筐篮里抓出鸟食，哗啦啦地撒向空旷的湖地。

已经听得见鸟群掠过的巨大风声了，鸟群却丝毫也没有降低飞行高度。只有几只哨兵一样的大鸟，低空盘旋了一下，就又蹿向高空。

鸟群飞过海岛上空，阳光都被遮住了。这群鸟体型很大，队列呈"V"字形状，在空中分成几层飞行，这样可以减少空气阻力。鸟群没有发出叫声，空中偶尔有羽毛轻轻地飘落下来。

候鸟们的前队已经飞离海岛了，北方还有小群的鸟在飞来。但是它们似乎都不想在海岛上驻足。少年们有些失望。白净忍不住，冲天空喊道："你们留下吧，留下吧！这里有好吃的。"远处草地上的一头黑牛也冲天哞叫了一声，似乎也在表示对客人远去的遗憾。

"啾，啾啾啾啾，啾啾啾啾啾！"这时，一阵奇怪的鸟鸣之声骤然响起。那声音在天空中传播，盖过了鸟群掠过空气的风声。哦，那是俊朗的少年率明亮在吹奏那支神奇的乐器。

奇迹出现了。最后的一群白鸟忽然放慢了飞行的速度，空中发出呖呖的回应声。它们改变了方向，开始环岛盘旋。率明亮的乐声起起伏伏，似乎在引导鸟群的方向。鸟群的高度不断降低，降低，临近沼泽湿地了，硕大的翅膀逐渐收敛，"哗啦啦"地降落下来，覆盖了整个湖泊。

"哇，得有几百只鸟啊！"

"它们是天鹅还是仙鹤？"

"它们可是从来都没有在咱们岛上停留过的。"

"这才是一小群，肯定是收容队吧？"

海岛少年们兴奋地议论着，对外乡少年的隔膜消失得无影无踪，并且简直有些崇拜那个叫率明亮的人了。

率明亮自豪地收了乐器，望着肥硕的大片大片白鸟，眼睛格外明亮。

娟子看白衣少年的眼神水汪汪的，有些痴迷。

五

白鸟群在海岛的湖泊湿地里栖息。黄昏过后，它们并没有在星光中远行。不，它们本来已经在夕阳的余光中起飞了，但是，白衣少年率明亮的乐声恰当地响起来，鸟群在海岛上空盘旋几圈，恋恋不舍，又重新降落在湿地上。晚霞映照得那些白色的翅膀熠熠发光。

"呀，你可真是神奇！"娟子已不再羞怯，她与率明亮站得最近，一副亲密的样子。

"呵呵，我懂鸟语。"白衣少年应。

"真的？"

"真的。"

"鸟群会住几天？"

"你想让它们住几天，我就能留它们住几天。"

"这样做不会耽误它们赶路吧？"

"放心吧。大队的鸟群一定在前面等待它们的。"率明亮大咧咧地答。

又一天黄昏时分，鸟群又起飞了，但率明亮的乐声也跟着响起来，鸟群又一次回落到湖中湿地上。

"喂，你为什么不让它们飞走？"海山走上前问。

"是它们不想飞走呀！"率明亮用淡淡的口气回应。

"是你施了什么法术吧？这群鸟如果再不起飞，它们会掉队的。

"你那个铜管是干什么用的？怎么你吹它，鸟群就飞回来呢？"海山追问。

"我这是乐器呀！鸟群不飞，是因为这里适合它们生活。它们要吃饱喝足，恢复体力，才会赶路的。"白衣少年应。

"可是，过几天天气变了，它们会冻伤的。"

"这么好的天，怎么说变就变呢？呵呵，你不会是嫉妒我的本领了吧？"

海山急得脸上涨红，他四下里去望，希望伙伴儿们支持自己。可是，大家都在为鸟群的多日驻留高兴着，有人还担心鸟群突然消失呢。

"你来海岛到底干什么？"海山调转话题质问。

"呵呵，海岛上只有夏天才有游客，假如能把这些过境的候鸟多留几日，不就可以吸引很多游客秋天来这里吗？这就是我要开发的项目。"率明亮大笑起来。

"那当然是好事呀。"伙伴儿们有人回应。

"海山你是怎么和客人说话的？看这些鸟多漂亮，它们要长期驻留在我们海岛上才好呢。"娟子十分不满意海山的态度。她的话惹得很多人对一脸无辜表情的率明亮同情起来。

海山有些无奈，悻悻地背过身去看沉入夜色中的大海。

六

半夜时分，海上忽然刮起了大风。昨日徐徐的东风突然变成了强劲的西北风。气温骤然下降了十几摄氏度，寒流来了。

海山是被风声吵醒的。他赶紧爬起来，穿衣出门。可是外面漆黑一片，大风把他搡回了门里。他心中叹息了一声，自己最担心的事情终于发生了。

早晨起床后，少年跑向海岛西面的湖泊。他们来到湿地前，全都吓呆了。湿地结了一层薄冰，那些白色的大鸟铺了满地，全给冻在了湿地上，像一堆堆雪球。

少年们呆呆地站在湖边。海风冷得刺骨，很多人发抖起来。

"怎么办呀，海山？"白净简直快哭了。

"都怪那个坏小子的妖魔音乐。"海山咒骂了一句。

"我也不知道要来寒流呀！"率明亮也站在人群里，还是一脸无辜的表情。

娟子看着白衣少年，紧咬着嘴唇，一动不动，眼神有些迷茫。

"我不过是想开发旅游资源嘛。谁知道海上的天说变就变呢？"率明亮说着，从衣袋里拿出一只漂亮的红色手机。他拨了几个号码，大声冲手机里叫："喂，动物保护站吗？有海鸟给冻僵在菊花岛了，你们能不能帮忙？什么？来船接？把鸟用船运送到南方？到温暖的地方放飞它们？好，好，你们快派船来吧！"他收起手机，冲少年们大声说，"你们都听到了吗？鸟不会有事的，野生动物保护站马上就会派人来了。只是要辛苦你们大家帮帮忙了！"

娟子眼睛重新放出光来，一脸释然的表情。

七

一只灰色的大铁船停靠在了海岛小码头上。船头飘着一面黄旗，印着一个什么野生动物的卡通图案。

船上卸下了几十只巨大的铁笼。一个高大的胖子指挥五六个小伙子提着笼子来到了湖边。

"愣着干什么？快帮忙呀，这是动物保护站的人。"率明亮带头向湿地走去。鸟们有气无力地叫着，听着十分让人揪心。

它们的羽毛被冻在湿地上，拍打着翅膀，却飞不起来，只能徒劳地挣扎着。

很快，上百只白鸟像母鸡一样被收拢进铁笼子里了。湿地上撒满零散的白色鸟毛，像刚刚落了一场雪花。

"装船呀！"胖子吆喝着，指挥着同伴儿和十几个海岛少年。

海山一边干活，一边不时地去观望那个大胖子男人。他两条淡眉紧皱，似乎在思考什么。

忽然，他走近白净，和她耳语了几句。白净呆愣了一下，悄悄退出人群，跑回村里。不一会儿，渔村里人声嘈杂，村支书领着留守在家的一群男女老少向码头跑来。

"快，上船，上船！"胖男人大叫。

"还有那么多鸟没装船呢。"白衣少年喊。

"不要了，快跑！"胖男人叫。

"那损失可算你的。"率明亮还在留恋着那些大鸟。

"啰唆什么？快跑！"

可是，他们已经跑不掉啦。

灰铁船马达发动起来，细钢缆却解不开了。原来，被海山抱起码头上的石碓牢牢地压住了。

"曹老板，是你呀！"村支书已经赶到了码头上，手指着胖子喊道。灰铁船熄火了。胖子一脸涨红的猪肝色，站在船头上，呆呆地看着岸上的人群。

原来，胖子是大陆城里"鲜鲜野味店"的老板，海山读书时去过那里卖海货，他认出了胖老板，才叫白净喊村支书的。

八

后来，野生动物保护站的白轮船真的来了。海岛上的居民才知道那白色的大鸟就是天鹅。它们应该是大队天鹅中体力较差的，所以落在队伍的后面。

这些鸟纲里的鸭科大鸟，嘴是黑的，嘴基处还有大片的黄色。脚也是黑色的。但它们的羽毛白得像雪花一样，即使关在笼子里，也一身高贵的神情。

白轮船开走了，并没有把白鸟一起拉走。那个戴黑框眼镜的专家说，近几天气温就会回升的，鸟在海岛上休息休息，就可自由地向南方飞行了。

果然，当天夜里海上的风向就变成了东南风。第二天，艳阳高照，沼泽地的冰凌在中午时分就融化干净了，空气中飘着海上特有的腥味。

村庄里的人们从家里把鸟笼抬出来，在湖边打开笼子把白天鹅们放飞出来。

它们并没有惊恐地飞走，而是在空中徘徊、组队，之后落到湿地上去寻找食物。是因为它们感受到了海岛居民的善意吗？

黄昏的时候，饱食后的天鹅们就要飞走了。它们拍打着翅膀，轮番飞向天空，变成了一片彩色的祥云。

北斗七星亮起来了，白天鹅在晴明的夜空中向着南方远行了，海岛上空久久地回响着翅膀划动空气的响声。它们会追上前边的队伍吗？

鸟飞走时，率明亮又换上了一身白衣。他孤零零地站在一边，久久望着那些飞逝的鸟群，脸上流下冰凉的泪水来。他突然把手中的乐器抛向远处。海岛上的一个男孩跑过去，捡了回来，大家轮流看，却看不出是什么乐器。

"那根本不是乐器，吹不响的一个铜管而已。我要的本来是口技。"率明亮说，他有些不好意思，仰头去望星空。

突然，白衣少年噏起嘴来，大家耳边一会儿响起惊涛之声，一会儿响起百鸟的鸣叫。空旷的海面上，仿佛又有大群的候鸟降临。

"我不过是想凭借口技挣点学费罢了！"率明亮沮丧地说。

"我们可以帮你呀！"海山说。

第二天，率明亮就要离开海岛了。大家都来为他送行。不知为什么，大家并没有因为他的行为怪罪他，反倒有些依依不舍。

"我们帮帮他吧，免得他再去干什么不该干的事情。他比我们有才华，应该去好好读书的。"海山说。

大家抱来许多漂亮的贝壳，还有各种美丽的羽毛、晶莹剔透的海卵石，要送给白衣少年。这些本来是留作旅游旺季卖的，是海岛少年们的零花钱。

"我不接受施舍，我要凭本领生活。"率明亮却并不领情，不肯接受这些礼物。但是，他看着海岛少年们的眼睛是潮湿的。

率明亮乘坐隔天来岛的客轮走了。

娟子久久地站在码头上，直到小客轮消失在海天之间。她的目光变得暗淡了。

不久之后，娟子就复学了，她也去了大陆。

娟子见到率明亮了吗？不知道。

海岛上的少年们再也没有见到那个穿白衣的俊朗少年。

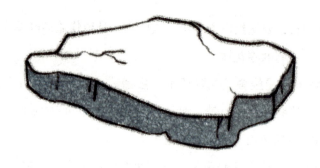

海 裂

一

"海裂喽，大海要开裂喽。"老人站在岛东的岬尖上，不断地自言自语。

天光正在渐渐透亮，老人望着大陆的方向，先看见那座叫首山的峰顶熄灭了一闪一闪的红灯，接着就看见了兴城海滨朦朦胧胧的楼群。

老人是个黑色的老人。

他的衣服是黑色的，裸在外面的皮肉也是黑色的，并且一样地松松褶褶。背驼成虾米的形状。敞怀的老羊皮袄已不见几丛洁白、柔软的羔毛，仿佛被火燎过的草地，焦煳一片。

"海裂喽，大海要开裂喽。"老人只顾远望，连少年站到他身边都没发觉。

海面上真静。怎能不静呢？过去的冬天出奇地冷，已经连续五年不冻的渤海辽东湾突然冻得严严实实。波浪凝固了，有风无风的日子，海面平展光滑得像天空般硕大的玻璃。海岛与大陆连缀成一体，岛上的年轻人滑着冰车，踏着雪板，纷纷奔向城市。春节时，岛上的炮仗放得格外响，焰火燃得格外鲜艳。但老人却未去大陆，他已足足十八年没去大陆了。他并不是讨厌陆地，只是觉得在小岛上吃喝才香，睡觉才踏实。难怪，老人已经七十三岁，他这一辈子只习惯在浪涛上生活。

"爷爷。"老人听见一声呼唤。他扭过头，看见了戴眼镜的孙子，不由得叹息了一声。

"爷爷，你咋的啦？"少年脸上浮着夜晚倦怠的神色，一副刚从梦中醒来睡眼惺忪的样子。

"爷爷老喽。"老人叹息道。

"您不老。"少年安慰老人道，"您耳朵背点儿，可您的眼睛看得见首山峰顶的灯塔。"

"咋不老？早些年，爷爷连蟹子走路的响声都听得见，可现在，你挨到跟前我还没察觉。"老人往少年跟前凑凑，手揽过那副还没发育成熟的肩膀，说道，"我又不读书本上的字点点，才挣了双好眼睛。不像你，书虫一个。"

"真的要海裂了吗？"少年习惯地用食指关节推了推下滑的镜架。

"就看风咋刮吧。"老人说完，向南面望去。遥远的地界，有一条晶莹的蓝线，那里就是沸腾不息的海水，它们时刻想把坚冰粉碎。

"我能看见海裂，迟几天上学，值！"少年道。

"你还乐呢，卖啥吆喝啥，念书得尽念书人的本分。"老人虎着一张黑皮皱褶的老脸，口气几乎是训斥，"海裂了，看你咋去陆地！"

"那好，爷爷，我现在就跑冰过海！"少年假装向海面冲去，却没挪动身。爷爷抓他肩膀的大手那么有力。"爷爷，哎哟！爷爷，你松手——"少年龇牙咧嘴地叫唤起来。

"嘿嘿……"老人干笑几声，道，"你去呀，你去！"但他已松了手，照样把少年揽住。一老一少两个人，就站在尖锐的岬角上不动。

"嘎嘎嘎——"远处的冰面传来吓人的断裂声，仿佛一块巨大的玻璃从那边裂向这边。连续几日，坚硬的冰层锐响不止，连最爱玩的小伙子也不敢跑冰过海逛城去啦，何况少年呢？

"海裂喽，要海裂喽！"老人并没有说给孙子听，仍是自言自语。

这时，探头探脑的日头在海线那边奋然一跃，变成大大的、软软的、红红的一轮，冷森森的海面铺满亮晃晃的霞光。老人和少年的身影投到冰面上，又细又长，像两根尖锐的指针，冲着大陆的方向。

二

天真晴。南风徐徐地刮，日头暖暖地照，向阳的海滩开化了，空气中飘着咸咸的海腥味，这久违的海洋的气息让人生出冬虫蛰醒的感觉。一个冬天以来，干燥的海风挟裹着大陆刮来的土的苦味，海岛上的居民早就盼望这温暖的季风啦。

到了中午，崖顶小学的放学钟声敲响，岛上的居民更加感受到了新季的来临。

少年杨小海是岛上唯一一个戴眼镜的人，难怪他爱听那放学的钟声。今年六月他就要参加中考，他已决定不考县一中，而是考师范学校。不为别的，他只想快点儿毕业，分配回海岛教书，别再让爷爷出海。尽管同学们都在为他惋惜，他却对老师和伙伴儿们的劝告无动于衷。

"四眼儿，你还没走呵！"少年往崖上走的时候，身后传来一声清脆的招呼。不用回头，杨小海就知道，准是小学时的同学单卓。果然，扭过头，他就看见了一张干净的面孔。

"干啥去，老同学？！"少年赶忙打招呼。

"刷船呗。"单卓一扬手中的筐篮。杨小海看见里边有一缸子油漆，两把秃了头的刷子。

"你也准备得太早，离旅游季节还早呢。"

"这叫有备无患。"少女应。

"怎么，你刷的红漆？"

"咋？就刷红漆。今年，我不但要把船身刷红，连帆也换成红的。在蔚蓝的大海上，漂一条红帆船，你说美不美？"少女清亮的眼睛盯着少年鼻梁上厚得大圈套小圈的眼镜，盯得杨小海别过脸去。谁要是能和单卓对视两分钟，那才叫能耐哩。不知为啥，读小学时开始，连班上最调皮的男生都怕单卓清澈目光的注视。

这时，一个被粉笔灰染白前胸的瘦高男人走下崖来，走向半山腰的知青屋。他步子有些散乱，手顶着胃部，腰猫着。他是郑老师。

"你知道吗？郑老师的病，不是好病。"单卓望着那进到小屋中的背影，突然一脸严肃。

"你咋知道的？"少年瞪大眼睛问，他早知道郑老师有胃病，却不知有多么严重。

"我姑去冬看病，和郑老师住的一个病房。那病房，是肿瘤科的。"单卓压低声道。

"啊？"少年发出了一声惊叫。

"别声张，还没确诊。"单卓叮嘱。

"噢。"少年应着，感到有些站不稳了，赶紧向崖顶的小学校走去。

学校还是那么一排简易平房。六个年级，只有三个教室，两个班级合用一个。空空荡荡的操场上，立着一副粗糙的篮球架。没有学生，两只狗在一扑一跃地厮闹。这情景，让少年格外想起远在大陆的校园来。

"小海，小海，午饭也忘了吃吗？"是爷爷在召唤。老人站在崖边，风把他敞开的老羊皮袄吹得一扇一扇的，人仿佛是一只巨大的海鸟，展翅欲飞。

少年就在老人的引领下，走向自家矮趴趴的小屋。小屋在月牙湾海滩边，罩在琉璃瓦顶的"望海宾馆"的阴影中。少年望着富丽堂皇的宾馆，突然觉得自家小屋太旧了，仿佛是被谁丢弃在岸边的一只破木箱。

三

妈妈正在海滩上补网。

妈妈总有补不完的网。许多年啦，家里再没添置新网具，许多网具还是爷爷的父亲留下来的。网丝早没了弹性，下一次水，就会给剐出无数个窟窿。海已经越来越瘦了，岛上家家都在使用小眼儿的网具，只有爷爷固执地使用粗眼儿旧网。爷爷说，若是把小鱼秧子都捕捞了，等到孙子那辈还捞啥呀？他常常在人群里骂岛上人的良心让黑鱼吃光了。但没谁在意他的骂声，反倒看怪物一样看他。岸边停泊的渔船马力越来越大，晾晒的网具眼儿却越来越小。

"咋不知吃饭？你正长身骨。再说，读书累脑子，要吃好饭。"妈抬头望着走来的儿子，粗糙的双手依旧在网丝间灵活运动。

"我吃，我吃！"少年应着，进屋盛了米饭，夹了鱼干，蹲在门口吃起来。透过妈妈面前的渔网，他看见几只海鸟在光滑的冰面上寻找食物。鸟偶尔蹿飞起来，发出微弱的叫声。

"妈，那是啥鸟？"少年用筷子一指，问。

"噢，是贼鸥吧？"妈并没抬头看。其实，她抬头也看不见那些鸟。妈的眼角总是红肿肿的，自从少年的父亲出海遇到风暴，连船带人在海浪里失踪，她的眼睛就哭成了这个样子。

"噢。"少年应，有些为自已的发问后悔。

"小海，你们学校开学三天了吧？你的功课，说不定因为这海隔着还要耽误几天呢。"妈说。

"妈，你放心，一个假期，我已把新课全预习完了。"少年三口两口把碗中的饭粒扒光。

"那也得上学呀。"妈说。

"小海他妈，你别惦记。海裂后，我摇船送他。"爷爷在少年身后说，"虽说海裂后冰坨子大些，可也没啥。我年轻那会儿，一个人撑根木杆就能跑冰排。如今虽说老了，但也摇得动船！"

"爷爷，我不急。"少年忙接过话茬儿。

"什么不急？念书就得像个念书的！"

"爷爷放心，今年，我准能考上师范学校。"小海信心十足地说。

"嘿嘿，你要能考上，爷爷这把老骨头丢在海里也心宽。咱再不吃这碗捞海的饭啦！"

"捞海？捞海有啥不好？我就是想和爷爷一样，也去黑石礁那里杀黑鱼。"少年说。爷爷就爱听这话。他年轻时，曾一船一桨一网，在没人敢闯的黑石礁捕了条四百斤重的黑鱼。那黑鱼在水里足有比体重大五倍的力量。爷爷为那次血腥的搏杀自豪，已经自豪了近五十年。

"你呀，没个好眼力，吃不了捞海的饭，好好读你的书吧。"妈说。

这时，海滩上走过少女单卓，身姿婷婷，在远处看，她仿佛一个大姑娘，虽然她和杨小海一样，都是十六岁。

"大婶，老海爷。"单卓清脆地打招呼。她穿着牛仔套装，白色旅游鞋，步子轻轻盈盈。海风把她的长发吹得飘起来，衬得一张脸更加干净。单卓长得不俊，就是长得干净，干干净净。

"丫头，你又疯啥呢？"爷爷先招呼起来。

"我刷出一条红船。"少女一扬红色刷子。

"哎，丫头，咱菊花岛可不兴红船，下海去不吉利，血呼啦啦的和棺材一个颜色。"老人脸上的黑皮堆积起来，一双老眼发出黑鱼皮的光泽。

"老海爷，你别用老眼光看日月啦。"少女说完一路笑着远去。柔软的海滩上，丢下她整齐均匀的脚印。

"嗨。"老人叹息一声，向海面瞭望。

"嘎嘎嘎——"又一串脆脆的断裂声响起来，让正午的空气颤动了一下。

四

黄昏时分，南风没有歇，反倒刮得更猛啦。海滩上扬起了尘土，海岛上空罩着一片黄浊浊的雾气。老人站在岬角上，久久不肯回老屋。他对孙子道："你听，你听，海底闹腾得多欢。今夜涨大潮，海就要裂开啦。"老人有些塌的鼻孔翕动着，一个劲儿吸气，似乎想捕捉到空气中流传的什么讯息。

就在这时，一个戴红领巾的小男孩跑过来，叫："小海哥，郑老师让你去知青屋。"

"小子，你快去，郑老师那人重情重义，好人呢。他是有啥急事吧？"老人赶紧推下少年。少年拔脚就走。

"郑老师！"杨小海一进院子，手就被郑老师柔软的瘦手握住，师生两个一块进屋。

少年对这屋很熟悉，上小学时他常来这里补课，去岛外念书，也在回家时到这里坐坐。一切都那么熟悉，连屋里淡淡的气息。虽然久居海岛，但郑老师不吃腥物，所以屋里没有渔家挥不散的腥味。没啥陈设，除了挨山墙一排书柜，还有装作业本的大木箱。郑老师有一个习惯，每送走一个毕业生，一定要留下一本作业作纪念。他说："把你们写得最好的作业本送给老师吧。"语气诚恳，使得最调皮的学生也会把作业写得工工整整，要不咋好意思成为纪念品呢？那木箱之中，就有杨小海的"纪念品"。

"坐，坐呀！"郑老师对学生总是客客气气。他的客气并不让人生疏，反倒让人产生被人尊重的感觉。是呀，郑老师不是把你当成一个鼻涕娃，而是当成了一个大人！

墙角有盆米兰，清香扑鼻。少年坐下，赶紧问："老师，您有事吗？"

"噢，也没啥事。你不是要回学校吗？"郑老师站着，有些拘谨。是呀，面前的少年尽管长高了，懂事了，但毕竟还是个孩子。

"是呀。"少年应，"要不是为看海裂，我早就走了。"

"在大陆上不一样看海裂吗？"

"郑老师，那可不一样，在咱岛上看海裂，身在其中，才会有切身的感受。"少年应。

"那是，那是。"郑老师回应着，用脚尖蹭地。

"郑老师，您是不是有事找洪老师？"少年猜度着，问。

郑老师一脸大人的秘密被小孩发现的表情，赶紧应："没事，没事。"

"她还那么年轻，不像四十多岁的人。"少年隐隐察觉到两个大人关系的微妙。洪老师是他们市第一初中的化学老师，曾经是这"知青屋"中的一员。听爷爷说，洪老师离岛时和郑老师吵了一架。那时，郑老师常常到县里、市里开会和演讲，他发誓在海岛扎根一辈子。和他一同发誓的，当然也有洪老师。但是，洪老师根没扎住，嫌岛上土薄，她回到了城市。

"洪老师的小孩可聪明啦，一到假日，她就领她去校园边的公园玩耍。"少年尽量多提供洪老师的信息。他还想说，洪老师的爱人做生意发了财，跟洪老师离婚了。但他不知该不该把这话说出来。面对成人世界，在班级里以能言善辩著称的少年，此时咋觉得无话可说呢？

"其实，我们没啥的。人呢，到我这个年纪都怀旧。谁能忘了过去的岁月呢？洪老师当年也是个理想主义者。"郑老师恢复平静，道，"哪种选择都是对的。人生就是这样，关键要把步子迈得踏实。"

"嗯。"少年点头。这时，他看见郑老师又用手去顶胃部，就想起了单卓的话。于是他赶忙问："郑老师，你胃又疼啦？赶紧吃药吧。"

"没啥，老病啦，一挺就过去了。"郑老师故意说得轻松。

窗外传来"嘎嘎"的裂冰声。

"噢，天晚了，你回家去吧。"郑老师的脸因疼痛而扭曲，勉强地说。

"您，没事吧？"少年想走，又有些犹豫。

"没事，真的没事。"郑老师摆手道。

一出门，咸涩的海风就扑了满怀，少年觉得发呛。天空没有月亮，远处的海面空空荡荡。走出好远，他回头去望，仍看见郑老师灯光中的身影，那样单薄，宛若一张剪纸。

"哪种选择都是对的。"少年耳边又响起老师这句挺有哲理的话来。

五

睡梦中，少年杨小海觉到了大地的颤动。老屋似乎也在摇晃着，房顶的尘土落在嘴边，又腥又苦。他听见有人在耳边唤：

"醒醒，小子，醒醒！海裂啦——"

少年一下子睁开了眼睛。微弱的灯光下，爷爷已穿戴整齐。他见少年醒来，兴奋地叫："你听！"少年耳边响起连续不断的巨响。"轰隆隆""嘎啦啦"，身下的炕板在颤动。他猛然清醒，一骨碌爬起身，叫："海裂啦！"

"海裂啦！"爷爷也叫。

少年麻利地穿好袄裤，和爷爷一起往外闯。门外，下弦月下的大海，银光闪耀，沸腾一片。

岬角上已站了许多人，大家都在观望。随着封冻期的结束，捞钱的日子就要到了。养铁船的船家最高兴，他们的大马力机动船就要到远海捕鱼捉蟹捞虾了。

站在最高处的汉子是单卓的二叔——单大个子。他大声地叫着："海裂啦，海裂啦！"

少年和爷爷找块平石，双双站稳。数月不见的海浪在脚下汹涌着，不时有水沫像雾一样弥漫开来，飘落在人们裸露的皮肤上。月是多半轮，金黄金黄的。月光落在海里，碎成点点银花，有的随浪波迸溅，有的在冰坨子上晃荡。正是涨潮之时，南风吹刮得凶猛，整个大海激荡不息，海岛宛若一条浪巅上的老船。

"看呢，远处起冰山啦！"单大个子又叫。

人们全往月亮底下去望。只见一座遍体透明的水晶般的小山正在一点点增高，那是冰块子正在浪涌下堆积。小山越拔越高，大似一座楼房的时候，突然"轰隆隆"一声坍塌的巨响，仿佛无数瓷器顷刻间崩碎，清脆又尖锐。

"嘎、嘎、嘎！""咔、咔、咔！"到处都是破碎的响声。冰块子先是篮球场那么大，相互撞击几下，就分裂成无数碎块。南风吹得横茬冰变成竖茬冰，大潮涌荡，失去韧性的坚冰那么酥脆，不堪一击。巨大的冰坨子越来越少。

"再有五天，就能跑船了。"有人道。

"五天，干啥用五天？三天，最多三天就能跑船。"老人接过了话茬儿。

"三天？老海叔，就你那破船，别说三天，七天都下不得海。"单大个子不屑一顾地道。

"破船？年轻人，你别不服气，我闯过的浪头你们见都没见过。"老人气嘟嘟地回应。

"老海叔，你呀，别不服老。这可是冰海呀！"单大个子口气不变。

"哼，我那老木船，不比你们那铁家伙软。要不咱就试试！"老人真的恼火了。

人群中响起一片讥嘲的笑声，没人再回答老人的气话，这使老人受辱了一般气闷起来。他回身一扯少年，道："小子，咱走！"

"爷爷……"少年不想走。他推迟返校，不就是为了观看这海裂的壮观场面吗？但老人的手那么有力，牵得他趔趔趄趄迈开步子。爷爷和那些人的对峙让少年也觉得尴尬。爷爷老了，但爷爷是最有经验的闯海者。假如父亲在世，假如自己能挣钱养活爷爷，老人不就可以和岛上所有的老人一样，在背风向阳的地方就可以打发时光了吗？这想法使少年对自己单薄的身体气馁起来。

"哼，养条破铁船，怕磕怕碰，有啥了不起的？我年轻那会儿，我年轻那会儿……"爷爷说着说着，声音就小下去了。是呀，年轻的时光已离他而去，他的确老了，老得浑身的骨节如生锈了一般，每动作一下，都发出"咯吱、咯吱"干涩的响，阴天里又痒又疼。这样想着，老人叹起气来。

爷孙儿两个真的不再看海，而是回到老屋，躺在炕板上。他们想再出去，但都没有动。爷爷是不想为自己的做法反悔，孙子是不想伤害爷爷的自尊。一老一少都睡不着，只管在炕上翻来覆去，仿佛身下烙得慌。

离天亮还有好长一截时光呢，他们只能在老屋里聆听大海激荡碎裂的声音。

六

海裂啦。寒冷的季节崩溃啦。各家各户的男人、女人全拥到海岸边。封冻以来一直冷冷清清的海滩，重新变得喧闹起来。

海里的冰块子撞击着，破碎着，那是冬天的尸体，正一点点在海中消融。举目一望，满眼涌荡着浮冰。浅滩处到处是海货，鱼、虾、蟹、紫菜、海带，全被潮水涌上来。这是新的季节送给渔人的礼物。大人们捞捡不过来，不得不把孩子也领上。

小学校被迫放假。早晨，郑老师见教室里空无一人，无奈地摇摇头，空洞地喊一声："上课！"没人响应，他就又喊一声："下课！"习惯地掸掸胸前的粉笔灰，出了教室，锁好门，也奔向海滩。旷课的学生散落在人群里，并不回避他。是呀，连矮胖的校长都领着老婆、孩子捡海捞儿呢。

海滩上，到处是大大小小的鱼篓。汉子们穿着胶皮衩裤，在水中挥舞着抄网。一条条青皮鱼、大头鱼、白鱼、梭鱼、雁翅鱼赤条条丢上岸来，女人和孩子们把活蹦乱跳的鱼"叭叭"一声摔晕，丢进鱼篓。空气中飘着浓浓的鲜腥味，这是久违了的渔汛的气息。人们的脸上全挂着笑容。

少年杨小海和爷爷、妈妈也在海滩上忙。出了后门就是海滩，他们在门后干活。爷爷在水中精神抖擞地挥动抄网，妈妈在岸滩上捡拾海菜，杨小海捡爷爷抛上岸的鱼。他不把鱼摔死，而是及时丢进屋中的水缸，噼里啪啦，砸出沸腾的水声。

嗨哟，这是谁家的海哟？
——这是咱家的海哟！

爷爷面对汹涌的渔汛兴奋起来，抻长脖子，边干活边哑哑地吼唱。汉子们全被感染起来，也跟着乱哄哄吼唱。刚开海就有鱼虾抢滩，是个好年景啊！一开年这样，日后更错不了。整个海岛都热热闹闹吼唱起来。

海水满潮的时候，人们的热情达到了巅峰。鱼群被寒冰桎梏了一个冬天，一旦挨近浅滩，全蹿出水面鼓腮。人们高兴地叫："这哪是捕鱼？这是捡鱼啊！"汉子们拨开抢滩的冰坨子，只管忙活。谁还顾得了回家吃午饭呢？海岛商店里的白酒、面包、香肠、罐头、方便面全部卖光了。男人上岸匆匆忙忙往肚里灌几口酒，冲冲寒气，便赶忙下水"捡鱼"。

但是，爷爷干着干着，眼睛就直了。他看见人们不但抄捕鱼条子，连鱼秧子也不放过。他先是冲身边的人喊："喂，捡大个儿的，小崽儿得放生啊！得留着它们长个儿！"可是，没人回应他，人们只顾忙活自己的事。

"它们还没长大呀！"老人痛心地吼叫。

"老海叔，等它们长大了，还能到咱菊花岛来吗？说不定游到哪里去了呢。老爷子，别操那份闲心啦。"人们抢白老人。

"游到哪都行，咱得给大海留下后代呀！"老人上来了拗劲儿，出水上岸，把人家的鱼秧子丢入海里。"你这是干啥？老爷子！"人们有些生气。但岛上人谁不知老人的脾气？就又赶忙说："好，捞大个儿的，谁还不愿意捞大个儿的呢？"再抛上岸的，真就少了鱼秧子。

胜利让老人高兴起来，他干脆不再下水，而是穿着衩裤沿岸远去，一路大声呼吁："老少爷们儿，手下留情，把鱼秧子、虾苗子放生啊，咱菊花岛人不能把事做绝了！"人们诺诺地应："老爷子你说得对，咱不能让鱼虾断子绝孙。"岸上的女人、孩子真就零星地往水里抛小鱼幼虾，老人一路呼号而去。

"爷爷——"少年喃喃一声，无奈地摇了摇头。他看见爷爷的呼吁并没啥效果。老人走过之后，没谁放弃到手的收获，反倒嘀嘀咕咕地议论说："老海爷咋的啦？脑子有病吧？"

老人绕岛一周回来，嗓子已经哑了，脸也阴沉下来。他当然知道了人们是咋干的事。他无力地坐在少年面前，叹息了一声。

"爷爷，你歇一会儿，我下海吧。"少年说。老人远去之时，他只得和妈妈捡海菜。而一大垛海菜也不值半篓子鱼价。老人却不应声，而是从老羊皮袄口袋里摸出小锡酒壶，灌几口酒，就向海中迈去。他使的自然是大眼抄网，海岛上只剩他一人使用这种抄具了。

海水正在退潮，渔汛正在远去。

傍晚时分，退潮的海滩上没了黑压压的人，只剩无数冰坨，在夕照下闪动水晶的光泽。

七

半夜时分，徐徐南风忽然变成了西北风，气温骤然下降，睡梦中可以听见窗外结冰的响声。老人一翻身坐了起来。少年也迷迷糊糊地醒来，听见爷爷在自言自语："好啊，倒春寒，海王爷要起性子来啦。"老人说着，说着，发出干巴巴的笑声，在黑暗中听，有些古怪。

早晨出门，果真是极冷的天，并且漫起稠稠白雾。潮水打湿的地方结了冰，冰坨子给牢牢冻在海滩上，在雾中若隐若现，仿佛一群怪物。爷爷脸上却喜气洋洋的。

日头渐渐升起，在雾中洇着，像月亮一样面色惨白。好在西北风只歇了一早，便又重新刮起来，刮散雾气，透出晴明蓝天。但一望无际的大海却潮声滞涩。海岸上几个拿着渔具的汉子使劲把脑袋往胸腔里缩，慨叹着渔汛的短暂。近岸结了冰凌，鱼虾们当然全往深水里扎，能不让刚刚高兴一天的渔人们叹息吗？

爷爷沿着海岸走，不时嘟哝着啥。郑老师手按着胃部，夹着课本去学校，撞见老人，忙打招呼："老海叔，咋这么欢喜呀？"

"嘿，海神爷不是瞎子，是长了眼睛的。"老人一脸胜利的表情。

郑老师昨天看到了一切，他当然理解爷爷胜利的原因，就点点头，攀着陡峭山径走了。爷爷也往远去，和每个人都打招呼。少年盯着爷爷黑色的虾腰，再望望大海，忽然为自己推迟返校后悔起来。

岬角上聚着一群汉子。单大个子见老人过来，赶紧喊："老爷子，你不是说你的老木船敢闯海吗？瞧，大伙儿都急着去陆地卖鱼呢，我的铁家伙可不敢和冰坨子硬碰硬，你就成全大伙儿，把鲜货运上岛卖个好价吧？"

老人爱搭不理地问："让我出海，去卖你们那些鱼秧子、虾苗子？"

"你要敢去，船钱嘛，出六百块，各户分摊。咋样？这可是八十个活蟹的价，下海十天半月也捞不上来呢。"单大个子又道。众人跟着嚷。

"谁说我不敢？老爷子我是不乐意。钱，钱，我可没钻进钱眼儿掉不过腚来！"老人说完，佝佝巴巴地远去，身后响起一片讥嘲的笑声。

中午时分，西北风照样冷硬。少年正站在海边遥望大陆，爷爷悄悄站到了他的身后。老人明白孙子的心事，道："爷爷送你出海吧。"

"不，爷爷，我还想再住几天。"少年应。

"可你的心早就像海鸟一样飞走了。"老人叹息一声，道，"你别怕爷爷闯不过去，爷爷心里有把握。这可不是闹着玩儿的事，爷爷老了，可你还得奔前程呢。若是你想住就再住几天吧，反正上学已晚好几天啦。"

少年冲爷爷感激地笑了笑，笑得有些苦涩。多好的爷爷呵，他那么理解人，心疼人，却为啥和岛上的人格格不入呢？他在心里叹息一声，手紧紧牵住爷爷又粗又硬又褶的大手。

涨潮啦。波涌浪溅声里，冰坨子碰裂的响声照样尖锐又清脆。

八

浓雾弥漫了三个早晨，西北风也刮了三天。

第四天，东方透亮，雾仍旧迷漫，且比往日更稠浊浓重。小学校上课前，雾没散，反倒团团卷卷，浓得对面不见人。浓雾之中，有人听见"啊——"的一声尖叫，有什么东西从崖上滚落到海滩上。并没谁觉得发生了什么事，小岛一个冬天都平平静静，又会发生什么事呢？

上第一节课时，五、六年级合用的教室里没有出现郑老师细高挑的身影，同学们马蜂炸窝一样乱成一团。矮胖的校长进门来，教室里的喧闹才静下去。校长叫一个男生去知青屋找郑老师。但男生气喘吁吁回来的时候，身后并没跟来郑老师，还说知青屋的门是锁着的。校长的胖脸立刻阴沉下来。

第二节课下课的时候，海上起了风，偏东风，这是天气转暖的征兆。稠浊的雾气给吹得一片一片的，渐渐稀薄，这时才有人在海边发现了血淋淋的郑老师，这才有人记起晨雾中那一声惨叫。

"郑老师滚崖啦！"人们吵吵嚷嚷，岛上立刻传遍了这个消息。

少年杨小海正在海边闲遛，听见喊声，愣怔了一下，赶紧往那儿跑。郑老师给人围住，岛上那个医术不高的大夫正笨手笨脚地给郑老师包扎。

"咋样？郑老师没事吧？"人们关切着急地问。他的摔伤牵动了全岛人的心，要知道，谁家的子弟没跟郑老师识过字呢？

"唉。"一身渔民打扮的大夫直起身来，若不是身背红字药箱，没人认为他是大夫。实际上，他除了卖些药片片，并不能治啥病。

"咋的啦？"单大个子挤上前问。

"骨折，你们看不见吗？他的右脚尖不是冲后了吗？"大夫突然气呼呼地叫起来。

"咋办？"校长问。

"送医院！"大夫几乎是在吼着说话。

雾正在散去，朦朦胧胧中，浮冰涌荡的大海破烂不堪。因为天寒地冻，又没有风卷大潮，原本碎成小块的冰坨子大都摞成摞，挤成堆。波峰浪谷之间，大大小小的冰坨子宛若风吹草低隐现在茫茫荒原上的一群群猛兽。

校长从海面上收回目光，去望人群。有人赶紧别过脸去，避开校长乞求一般的眼睛。

"单大当家的，你去吧。"校长盯住了单大个子。

单大个子那会儿正往人圈儿外退，听见叫，只得尴尬地站下。他嗫嚅着道："我那船是我当家，可也是好几个股东，这事儿，我得商量商量。我那可是新船，磕皮碰脸咋整？本钱还一分没回来呢。"

校长的脸又朝向另几个铁船的主人，但是，没人主动迈上前来。

"救人呢，得救人呢，你们不能见死不救啊！"少年杨小海忽然在人圈外喊了起来。可是，并没人回应。

"人是得救。要不，这样吧，咱几家养铁船的抓个阄儿吧，谁抓上谁去。"还是单大个子发了话。

"谁让咱养了铁船呢？抓吧！"终于有人无可奈何地响应了。

校长忙去口袋里摸，摸了半天，什么也没摸出来。他着急地冲人群喊："火柴，谁有火柴……"

"要火柴干啥？"有人把火柴递了过去。

校长劈手夺过，赶忙做阄儿，喊："来，来，谁抓住短的谁去！"他把手中紧捏的那排火柴递过去。绿色的火柴头探出他粗糙的指缝儿，宛若一只只土洞里窥视的鼠眼。

"单大当家的，你来抓吧！"校长叫。

"谁让我出了这个馊主意呢？我就先抓！"单大个子喊。少年看见那两根去拈火柴头的手指在发抖。

"哈，长的！"单大个子把火柴杆举起来，发出一声欢呼。

"你们抓！你们，抓！"单大个子情绪高涨，推让身边的几个铁船船主。

"抓就抓！"有人一副英勇悲壮的表情，走到校长的跟前……

就在海滩上乱成一片的时候，一只老船从岬角处闪了过来。先传来的是一声吼唱：

嗨哟，这是谁家的海哟？
——这是咱家的海哟！

那声音苍老浊重，少年的满腔血一下子沸腾起来。透过近视镜片，他看见虾米一样猫腰曲背的爷爷正努力用腰带把油渍麻花的老羊皮袄煞紧。橹声"吱呀、吱呀"，老船灵巧地避开涌荡的冰坨子，仿佛一头在石林间穿梭的牤牛，尽管样子笨拙，却机敏而勇敢。

海滩上正在抓阄儿的人全都僵住了。

老人近前，橹一用力，借着浪头的冲力，老船倏然抢上海滩。见人们愣怔怔瞧他，他猛地发一声吼："愣啥？抬人！"

人们愣怔着，还是不动。

"抬人！"老人嘶哑地又吼了一声。

几个小伙子拨开众人，抬起昏迷不醒、血淋淋的郑老师往船上去了。那一刻，海滩真静，静得脚步声"轰隆隆"格外响。

把人抬上老船那会儿，单大个子忽然往前冲了一步，叫："老海叔！"

老人不去看他，只管帮人把郑老师放好。他赶那几个小伙子下船去，又大吼一声："愣着干啥？推船！"

就在老船离岸那会儿，少年喊叫着奔了过来。听见爷爷的吆唱，他明白了爷爷的做法，赶紧回老屋去取早就收拾好的包裹，并且扛来一根两丈长的篙竿。

"等等我——"少年大叫一声。

船离岸已好几米远。少年不知哪来的勇气，来了个在学校学的撑杆跳动作，身体腾空飞起，弹落到老船后舱板上。

"你——"爷爷叫一声，但一看孙子红扑扑的脸膛，就噤了声，只管去摇橹。

少年忍住心里的恶心，努力不去看岸上的人群。但船行不远，他还是回过头，去看自家趴在"望海宾馆"阴影里的老屋，此去也许要到暑假才回来呢。这一回头，他眼里便涌出泪水。老屋后站着母亲和少女单卓，正在向他挥手呢。

咸 旗

海岛在视线里模糊起来……

九

老船在波浪间颠簸，在冰坨子间穿梭。黑色的老人，灰乌乌的老船，手执篙竿的少年，一点点远离小岛，驶向远处的大陆。少年开始很是紧张，他把篙竿握紧，准备随时拨开撞向老船的冰坨子。但他很快放松了，因为笨拙的老船在爷爷的驾驭下变得十分轻灵。有几次大浪撞来，眼瞧着一座房子般大的冰山扑了过来，少年尚未来得及探出篙竿，爷爷已把舵把轻轻一摇，老船贴着冰沿儿倏然擦了过去。

"爷爷——"少年兴奋地叫了起来。

爷爷并不回头，始终盯着前方。少年看出了门道，原来，爷爷是在瞭着即将涌到的浪头。一排大浪压来，足足高出船舷两倍，更可怕的是峰头上冲荡着一块黑板大的浮冰，在少年发出惊叫之前，老船已机智地避过峰头，再次在浪隙间穿过。

哦，与冰海的较量不是蛮力，而是胆魄和智慧！爷爷真不愧是闯海的老手。随着大陆上的景物愈来愈真切，少年心里愈加踏实。原来看似狰狞的大海，也不过如此吧。

船舱里，郑老师仍旧昏迷不醒。他跌得太惨了，额上、腮上，伤口破破烂烂，渗血已洇湿药棉。他的右腿拧了两道弯，向后的脚尖像一条冻僵的鱼。不知是汗水、泪水还是海水，把他鬓发濡得湿湿的。望着老师，少年对身后海岛上发生的一幕又难过起来。他想起那年全岛的人都去给郑老师过教师节，大家赞扬他遵守诺言，感谢他放弃回城的机会，留在海岛教渔家子弟念书识字。可是在他危难的时候，他们在干些什么？他眼前浮现出校长手中绿幽幽的火柴头……

就在少年走神儿的时候，哗，一排大浪压了过来。水头溅在冰坨子上，迸溅的浪花扑落在少年脸上，镜片湿了，大海变模糊了。

嗨哟，这是谁家的海哟？
——这是咱家的海哟！

爷爷身上也溅满浪花。但他目光炯炯，更加精神抖擞，敞开嗓门儿吆喝起来。大海轰鸣，爷爷的吆喝有些微弱嘶哑，但却那么让少年感动。闯在风里浪里，迎接危险的挑战，少年才真正理解了爷爷的声音。爷爷的吆喝是在抒发对大海的深情，是在倾诉对大海的理解。只有一个以大海为家的人，才会真正理解大海、呵护大海，才会敢于挑战大海、搏击大海。

风不知啥时变大了。原来绿幽幽的大海，因为浮冰的搅拌，因为浪花的迸溅，更加深不可测。浪头在冰坨子上摔碎，弥漫成水雾，让人觉得前途渺茫。假若没有爷爷一声连一声的吆唱，自己一个人闯冰海会咋样呢？少年握长篙的手有些发抖，在危机四伏的波浪间，他突然感悟到来自生命深处的某些意念，并且一下子理解了爷爷古怪的言行。原来不是爷爷不合潮流，而是有人在亵渎大海，扼杀大海的未来，爷爷则以老迈之躯，固执地维护大海的尊严。

可是，老船必定太老了。巨大的海面上，它那么轻飘，哪怕是被课桌大的冰块子轻轻一击，都会粉身碎骨。爷爷的吆喝更加声嘶力竭，少年看见他乱草似的头发里正蒸腾着雾气，头皮似乎在颤动。爷爷的舵把子该有多沉多压手啊！他要把破旧的老船摇上对岸，他不能把郑老师和孙子丢在海里。老人的吆唱，又何尝不是排遣心中的紧张！

冰坨子的体积越来越大了。海是从远处裂开来的，越靠近大陆，裂开得越迟，冰坨子就愈加棱角分明。海水尚未磨去它们锋利的冰牙呢！

少年眼镜片上结了盐花，但他仍看清了几块三角形的冰坨子，龇牙咧嘴，哪块撞来都会把老船劈碎。假如真的这样，还看得见校园吗？还看得见教室、老师、同学们吗？还看得见妈妈吗？除了海浪声、爷爷的吆唱声，少年感到四周空旷，他想呐喊，想吆唱，想发出自己的声音。

嗨哟，这是谁家的海哟？

——这是咱家的海哟！

少年的声音合上了爷爷的节拍。

突然，爷爷的声音打住。少年抬头前望，只见海面上水花翻滚，冰坨子急骤涌荡。

"闯海沟了啊！"爷爷大喝了一声。

十

几只海鸟在天空盘旋，发出几声凄厉的啼叫。

少年不去看天。天空散尽雾气，清净透澈，发出湖水一般清净宁和的蓝光。而面前横亘的海沟却浑澄澄的，让人觉得阴森恐怖。这是一条从陆地上的女儿河入海处荡过来的暗流子，可能因为混合着河水冲来的泥沙，显得与别处的海水泾渭分明。

一看见海沟，少年才明白已闯过的海路实在是太平常了。

爷爷在掌舵闯入海沟那会儿，回头望了一眼。少年从那双老眼中看到了担心、犹豫和疑问。但少年脸上并无畏怯，他冲爷爷点了点头。老人从少年那张戴着厚厚眼镜片的娃娃脸上，看到了庄严、坚毅的表情。一声吆唱响了起来。

嗨哟，这是谁家的海哟？
——这是咱家的海哟！

不过这一次，爷孙儿俩是一唱一答的。一老一嫩两种声音在波浪间回旋，老船勇敢地冲进海沟。

少年的长篙这回发挥了作用。冰坨子扑来的时候，他猛力刺去，那庞然大物经这一拨，避开了老船。少年把书本上学到的杠杆原理付诸了实践。他很快明白，拨冰和爷爷摇船一样，不能用蛮力，应把握时机，借助浪潮的力量，那百斤、千斤、万斤的浮冰是借水势发威，爷爷正是掌握了这一点，才使老船穿梭自如。少年不愧是大海的子孙，笨拙的动作很快变得熟练起来。

但危险还是一个接一个地来了。

船头左边有一块房子般大的冰山，就在老船擦着冰面通过的时候，右边一块黑板大的冰坨子借着浪势砸了过来。少年用力拨去，但篙尖一滑，人险些栽入水里。老人没回头，但他感觉到了孙子的危险，便吆喝一声："扎稳脚啊！"船橹在水面一弹，老船腾空而起，蹿向前方。两块巨冰在船后相撞，"咔嚓嚓！"锋锐的冰碴迸溅开来，扑少年满脸。他腮上一凉，沾满潮湿的感觉。少年用舌尖去舔，又咸又涩，那是血的滋味。

好险呢！少年在心里叫了一声。但是，就在他庆幸的时候，船身一撞，一块课桌大的冰块子撞在船橹上，发出木头断裂的钝响。小船失去平衡，打起转转。爷爷吆一声什么，劈手夺过少年手中的长篙，左拨右挡，借着冰坨和浪涌的力量，把船撑稳。

橹把子断了，可是，距大陆还有遥遥一截水路。

爷爷不言语，也不看少年，他的稳重让少年心中踏实。少年也不言不语，而是绰起船里的一柄木桨，帮爷爷划船。老船若想通向对岸，就只能凭借一柄长篙、一片单薄的木桨啦。

海风不歇，海浪也不歇。咱家的大海难道就是这浪花、浮冰搅拌着的凶险的大海吗？

经历过激荡凶险的漂泊，少年已变得和爷爷一样平静。混浊的海沟也不过如此吧？他心中倒生出一些轻松。

老船越远离海岛，少年越理解海岛了。冰坨子间隔那么狭小，有的巨冰之间，只空出老船的宽度。船舷擦过之时，少年甚至触到了光滑凉沁的冰面。那些铁船尽管高大，但因它速度快，缺少灵活性，和冰坨子撞击的可能性就大。若是真撞上巨冰，铁船也是吃不消的。单大个子的新铁船出海，反倒没有老船轻盈、灵活，注定会撞个伤痕累累，搞不好还会被浮冰卡住。爷爷正是明白这一点，才驾驭老船在浮冰间闯荡。少年竟然不再生岛上那些乡邻的气了。

嗨哟，这是谁家的海哟？
——这是咱家的海哟！

就在少年走神儿的时候，爷爷又吼唱起来。原来，陆地上白花花的楼群已经拉得很近，少年甚至看见了某扇玻璃窗后摆着的绿色盆景。

——老船已把海沟抛到了后面。

哦，船舱里，右脚尖向后的郑老师面色僵硬，他同爷孙俩一同经历了种种风险，但他体验到搏击的快感了吗？少年想，等郑老师清醒后，自己一定把闯冰海的感受告诉他！

可是，就在这时，船身却剧烈一撞，少年猛然觉得自己像足球一样给弹飞起来，身体在空中转了一圈又重重地落了下去。

眼镜离开鼻梁飞走那会儿，他只觉得眼前一片灿烂的金星闪耀，之后就失去了知觉……

是老船触撞上与大陆连成一片的冰岸吗？爷爷和郑老师怎样呢？这是少年在腾空那一瞬间的想法。

此刻，岸边一条海岸救援队的摩托艇，正避开浮冰向破裂的老船开来……

窗外是海

　　小窗的外面，就是那片大海。

　　阳光不知啥时从那面巴掌大的菱形玻璃上挪开，屋里的光线暗淡下来，窗外却仍然是明亮的。太阳正在傍晚的天空上照耀，没有风，阳光少有地平静宁和。

　　波儿倚在窗台上，窄窄的脸颊紧紧贴着窗玻璃。早晨，太阳乍然将大海染亮的那会儿，他就以这样的姿势望海。

　　窗玻璃太小了。打波儿记事时起，这座小屋就是这副样子。窗框老旧，木头干燥粗糙，窗纸糊了无数层。那是些杂七杂八的纸：牛皮纸、报纸，还有小学二年级的课本。那课本是波儿读过的。他只读了二年级。有啥办法呢？小屋离学校太远了。波儿实在讨厌十几里干硬旱路。在上面一个人孤零零走着，干燥的黄土、不平的路面，让波儿觉得疲倦与遥遥无望。爷爷知道波儿是在船上长大的，说："波儿，跟爷爷出海吧！"波儿便把刚学一半儿的课本书钉起下，把书页抖散开。天冷风吹，爷爷正愁没有窗纸呢。

原来，小窗上是没有这块玻璃的。不透明的房间真憋闷。有风的天气，涨潮的大海翻沸咆哮，鸥鸟们在窗外"啾啾"乱叫，外面的世界多热闹啊！波儿便用爷爷补网的梭子在窗上扎出一个个小洞。小洞太小了，看到的只是海的局部。只一个小眼儿，怎会把海看透呢？

小屋太需要一面透明窗子啦。

那天，波儿和爷爷去镇上卖鱼。在镇医院的垃圾堆上，波儿看见一块耀眼的小太阳，一闪一闪，波儿黑黑的眼睛给照亮了。他撇下爷爷，从一堆药瓶、绷带里，捡起了那块发光的东西—— 一块畸形的透明玻璃。回到家里，他麻利地把窗上的梭眼捅大，让阳光"哗"的一下子透进来。剪刀嚓嚓，把乱糟糟不知糊了多少层的纸剪成菱形，小心地把那块小玻璃往洞口上一贴。嘿，正合适。从此，每个晴天，小屋里都会和外面一样拥有属于自己的那份明亮和暖意。

可那块小窗镜实在太小了。

波儿的脸窄窄的。窄窄的脸上，一双眼睛竟不能同时外望，因为小小窗玻璃实在宽不过两眼的距离，这挺令波儿遗憾。不过，这没什么，波儿索性用一只眼睛望海。左眼累了，用右眼，两只眼睛轮班守望。

这一片小小的透明，已经挺让波儿知足了。

窗外，大海正是落潮的时候。

冬天来啦，落潮的海滩上静悄悄的。没有人，连鸟都没有。只有一片片残落的水迹，在阳光下闪闪发光，像一块块碎玻璃碴儿。贴岸的地方，早已结冰了。涨潮的海水汹涌激荡，可翻滚沸腾的海水，也无奈严冬的坚冰。波儿有记忆的时候，冬天的海岸就是如此坚硬冰冷。

透过小窗，波儿的左眼看到遥远处有片晃晃的白，那就是没有被封冻的海水。

海永远是激荡的。波儿喜欢和爷爷驾着家里唯一的舢板去浪尖上颠簸。

爷爷是个干瘪的老头子。夏天，他只穿一条油腻腻的短裤，光赤的膀子耷拉拉的，黑皮松弛，皱褶里突兀着一块块青黑苍紫的老人斑。可爷爷的骨头却厚实宽大。十来斤的青鱼网上船时，噼啪乱蹦，爷爷用手轻轻一拍，那鱼就在老旧的舱板上硬挺了。

入冬的风辣辣地刮起时，爷爷便穿上光板老羊皮袄。白色的羊毛早变成油腻的黑色。爷爷照旧赤着干瘪的胸膛，卷卷的羊毛拂着他干瘪的老皮。爷爷没有知觉。几十年风拍浪打，任什么样的撩拨也唤不起爷爷痒痒的感觉啦。每次出海，爷爷都苍老地坐在前舱板上。舱板和爷爷一样黢黑的颜色。自打有了爷爷，就有了这条老船。爷爷双手挂在舱板上，像一柄生锈的老锚，五爪仿佛深深探进木头里。大浪小浪，在船舷边哗哗地涌过，爷爷没有感觉。海水永远是新鲜的、活跃的，而人不是，爷爷就在风浪里变得老迈了。

波儿摇动双桨。他用不着去问爷爷方向。爷爷干枯的身躯在前面耸立，波儿只需看着他的后脑勺。那里有一块硬硬的骨头突起，青葱的头发早就跌落在岁月的浪谷里。波儿愿意看着爷爷形状不规则的脑袋。爷爷的脑袋就是波儿的罗盘，爷爷脸的朝向，就是波儿要去的地方。

爷爷从不在水上多话。他就那样沉默着，随着古老的桨声一响一响，载他去有渔汛的地方。

冷不丁地，爷爷会站起来大喊大叫。爷爷的喊叫莫名其妙：

哎——
妈那巴子的海哟，
真是大哟！

爷爷的胸膛会如胀满气体一样乍然鼓起，喊声在浪涛里化尽前，爷爷早已恢复了原来的模样：坐在前舱，左看，像一柄生了锈的老锚；右看，也像一柄生了锈的老锚。

哦，那喊声里，波儿会感觉到莫名的兴奋。爷爷不是具没有活力的肉体，而是一个和大海一样洋溢着热情的生命！

小窗外，阳光正一点点黯淡下去。

海滩上静静的，波儿的右眼望见遥远的海面上有一个个黑点儿，那是歇下的渔船。别看那渔船窄小，哪一艘不负载着希望？许多年前，海面上尽是些老旧的木舢板。一天天，愣头愣脑的木舢板少了，一条条"突突"的机船遮满海面。海太大了，陆地上的人都来赶海，各种型号的网都来捞海，海并没有变窄。但是海又实在大得有限，海里的生物在网眼里越变越小，人们的贪婪让海一天天变瘦了。

爷爷撒网的动作十分洒脱。他从舱板上立起的时候，如一根七歪八扭的榆木桅杆。旋子网，凛冽的冬风里结满冰碴。爷爷干枯的手臂乍然抖动，哗哗啦啦，网上的晶体纷纷跌落，如贝壳，似珠玑。

爷爷大喊一声："着！"网飞旋而出，张开圆圆的大口，扑入海里。爷爷牵着网纲，让网在水中一点点收拢。提上船时，却没有一条欢蹦乱跳的尺把长的青鱼，只有几根指头粗细的鱼秧子。爷爷捡起来，把它们投入海里。他抖抖精神，伴着喊声，又把一个漂亮的旋子网投入海里。可是，提上来的，还是空空荡荡。

网上的水滴在舱板上结冰。投了十几网，爷爷有些气喘。再投网时，他明显有些力不从心。羊皮袄在爷爷投下又一个旋子网时，挣开臂膀，如一只欲飞的黑鸟。爷爷脚下一滑，一个趔趄，险些跌入海里。他伏在船沿上，大声地咳起来，好半天，才把一颗圆圆的痰粒唾向海里。很久，他才艰难地起身，骨节突棱的大手拽起网纲，哗啦啦的旋子网出水时，仍然只是几条蹦跳的鱼秧子。

爷爷颓然跌在舱板上，混浊的眼睛望着远远近近跌宕起伏的海浪，叹息了一声，回过头，问波儿："孙儿，爷爷真的老了吗？"

"你不老，爷爷。"

"唉！"爷爷叹了一声，"眼睛花得看不见海鸥的眼珠了，耳朵也听不见鱼摆翅的声音啦。"

爷爷的腰陡然弓弯了许多。

波儿放开船桨，任凭老船在浪波上起伏跌宕。

爷爷陡然喊了起来：

哎——

妈那巴子的海哟，

真是大哟，大哟！

那嘶喊，凄厉而沉痛，充满绝望与悲壮的味道。

爷爷的确是老了。入冬以来，爷爷很少再出海。每天，他躲在这座远离村庄的小屋里，在波儿常坐的地方发呆。昏花的老眼望向窗外。窗外是海。潮涨潮落，爷爷一整天一整天地望着，嘴里叨咕着什么。波儿怕爷爷生病，每天都把土炕烧得煎皮烙肉的。爷爷干枯的身子在热炕上烙得舒舒服服的，夜里常常哼哼呀呀地唱起渔歌来。

那天，也是一个黄昏，爷爷把眼睛从窗上挪开，久久地看着波儿，老眼里闪烁着只有狸猫才有的光。

爷爷道:"波儿,你大了。"

波儿忙着点头应答。

"你大了,爷爷就放心了。"爷爷叹息着,又去望海。

那时刻,阳光下的海水和近岸的海冰亮晃晃地连成一片。远处人家的船都拢岸了,海滩上变得拥拥挤挤的。

爷爷回头,道:"波儿,人吃海,海吃人。你爹让海吃了,你也吃海长大了。你爷爷我吃海一辈子,最后还得去喂海。"停了停,又道:"孙儿,那年,爷爷错了,不该不让你念书。"

念书?多遥远的事儿啊!十六岁的波儿恍惚记得那间坐过两年的教室,也是座老房子,没有玻璃。镇上那年月只有医院有玻璃窗子。为了挽救生命,镇上新盖了医院;学校却是座老式的旧屋,没人在乎。昏乎乎的黑板前,老师,那个头发白白的女老师,张着瘪瘪的嘴教他们读 abcd。

爷爷的眼睛去看窗上的纸,那上面是波儿读过的课本。那已经陈旧的纸页,几年来为爷爷和波儿遮风挡雨,也挡住了他们遥看外界的视线。

"爷爷这辈子啊——"爷爷叹了一声,哼哼唧唧地唱起来。

> 妈那巴子的海哟,
> 真是大哟……

这声音长久地在波儿耳边回荡。

波儿的左眼望着海滩。

爷爷就是在那片海滩上消失的。

那天，爷爷穿了老羊皮袄，摇摇晃晃出了小屋。他不让波儿跟随，而是自己去了海边。天冷了，船冻在海边。爷爷用桨敲敲打打，船身活动了，爷爷索性赤着脚下水，推着船，向海水深处走去。一边走，一边唱唱咧咧。冰块在水中忽忽涌涌，冲撞着爷爷的腿肚子。薄冰锋快，可爷爷的老皮老肉是割不出血的。

"爷爷——"波儿喊。

爷爷已爬上了船。

"爷爷——"波儿声更大。

爷爷陡然回转身，吼："滚回去！"那声音竟然仍旧洪亮。

波儿就定在岸边，望着爷爷在海面上漂动。

"孙儿，枕头里，是爷爷给你攒的钱！"爷爷喊罢，船儿加速向远海划去。好久之后，爷爷和黑色的老船融化成一个黑黑的影子。

波儿就那么呆呆地望着，望着那个黑影逐渐变小、变小，最后消失在茫茫大海中。他知道，爷爷很难再回来了。他去大海深处和他远逝的亲人们相会。

"钱，枕头里是钱？"波儿脑子木木地回响着爷爷的叮咛。

爷爷的确给波儿留了一枕头钱。腌腌臜臜的分票角票，把一只黑油油的枕头撑得鼓胀胀。那枕头，此刻就在波儿身下。

夜幕已悄悄地落下。海开始涨潮。波儿隐约听见海浪奔腾的声音。

波儿透过朦胧的夜幕，固执地望着海面。爷爷怎会不回来呢？亲爱的爷爷！

爷爷出海前，刮顺风，十里外的码头上，大喇叭播放大风警报的声音十分真切。爷爷支棱着耳朵听。他就是要选在大风将来的时候下海。波儿知道，爷爷是想再和风浪搏斗一次，不，是戏耍一次。可爷爷已不是年轻的爷爷，船也是条糟朽的老船。可怎能拦住爷爷呢？人一旦选择了自己的目标，被别人改变方向比他自己走错路更痛苦。波儿不让爷爷出海，可他知道，自己拦不住爷爷。

爷爷出海那天夜里，大风几乎把大海掀个底朝天，爷爷和老船只会面临同样的命运。

波儿想，爷爷在老船被拍碎的那会儿，肯定在痛痛快快地唱。是的，他就要去大海深处和他远逝的亲人们相会了，那里有波儿的爸爸，有爷爷的爸爸，还有爷爷的爷爷。

这应该是爷爷最满意的结局。

可波儿拗不过自己，他不愿意接受这样的结局。从此，他就开始了海边的等待，开始了窗边的守望，他怎能不等待亲爱的爷爷呢？

夜的网撒下来。浩大的海与小小的老屋同时融化在黑暗里，那眼巴掌大的菱形玻璃，在星光下烁烁地闪动，如一颗不眠的瞳孔。

后来，那座小屋空了。

波儿在窗前没有等回黑色的老人和老船，他放弃了寻望。在一个早晨，他走出小屋，在海边消失了，连同那只装钱的枕头。

窗外的大海对此并不在意。潮涨潮落，生生息息，它仍然以自己的规则汹涌波荡。

只有小屋那块窗玻璃，总在望海，如一只永远睁着的眼睛。

可是，那只眼睛，会把那么大的海读懂吗？

男儿身上三盏灯

一

你害怕黑暗吗？黏稠得如同深海八爪鱼喷出的墨汁，隐藏着诡秘触角的黑暗；迷雾四起的无边无际荒原上，潜伏着怪兽的黑暗；死寂无声的深邃洞穴，四处吊挂着嗜血蝙蝠的黑暗；迷路的蝴蝶被调皮的顽童装进黑匣子，失去自由充满杀机的黑暗……

这一切你都不害怕吗？

——我害怕！

每天夜晚睡觉，一个人在卧室里，我都是明灯相伴。我热爱光明，喜欢灯具。我常常让老妈陪着去灯具市场，床头灯、壁灯、顶灯、星灯、台灯……各种照度的灯，我都喜欢看，也喜欢购买。

有一次老师布置的作文题目是《我的理想》，我毫不犹豫地写下："我的理想是做一个灯具设计师，让世界没有黑暗，只有光明。多美妙呀！如果真是那样，我在夜晚临睡前，就不必为可能的停电或灯具故障担心了。我最怕的就是夜里突然醒来，睁开眼睛，四下一片漆黑。我就会尖叫一声：'老妈——'我的叫声在沉沉黑暗中有一种凄厉的效果……"

几乎每天晚上临睡时，我都要打开录音机，放一支莫扎特的钢琴曲，并且把柔和的夜灯打开两只，以降低黑暗突然降临的系数，免得有一只灯半夜坏了发生不必要的恐慌。没办法，不这样我就无法放心地进入梦乡。

每天晚上，我进入深度睡眠状态时，老爸或者老妈会蹑手蹑脚地到我的房间，为我放小音乐声量，再把两只灯光调暗，只剩很小的星光。夜深人静，紧闭的眼睛习惯了黑暗，微弱的光点也会显得十分清晰明亮。

虽然有灯光关照我的梦境，我仍然时常在梦中惊醒。

黑暗无边无际，染了墨汁的迷雾团团卷卷，四下里汹涌，像一群长毛怪物。我在怪物群里拥挤，黑色的毛发令我毛骨悚然。脚下的道路僵硬，凸凹不平。深一脚浅一脚，我很快迷失了方向。突然，脚下踩到一个软乎乎的东西，像是一只巨大的软体动物，我的身体被吸盘附体一样，随之向无尽的黑色空间里陷落。呼吸急促，胸闷气短，我惊恐地惨叫起来……

我被唤醒。睁开眼睛，面前是老爸老妈担心的面孔。老妈温暖的手摸着我湿漉的额头，让我逐渐平静下来。我好久才会从梦境里解脱出来，回到温馨的现实中。

小升初备考那段时间，学习紧张，前途未卜，压力空前地大，我噩梦更多，也更加害怕黑暗。因为睡眠不好，我常常是一副熊猫眼。老爸老妈体贴关心他们的独生子，不再给我调小照度，而是让绚烂的光明和轻柔的音乐，整夜陪伴我，免得我半夜惊醒时发出凄厉的号叫。

好在有出头之日。我在接到北京一所重点中学的录取通知时，没笑，也没哭，而是一气沉睡了二十一个小时，把老爸老妈吓坏了。他们还以为我像古书中那个叫范进的老举人一样，得了失心疯。

长睡之后，我醒来说出的第一句话，差一点儿让老爸老妈热泪盈眶。

"啊——"我先是打了一个长长的哈欠，舒出一口憋闷已久的浊气，大叫，"当个总要考试的小孩，太不容易啦！"

但接下来的话马上让他们破涕为笑。

"啊哈嘿！好放松呀，我要出门旅行！"我一跃而起，恢复了一个没心没肺的调皮男孩的本性。

出门远行，本来是老爸老妈早就安排好了的计划，但是老爸的公司临时有事。没办法，老爸这类民营企业的老板就是那副德行，来了生意，儿子的地位马上排到钞票之后，下降成第二位了。他还振振有词："计划要服从变化，这就叫以变应变。"

让我不高兴的是，老爸让他的司机刘叔叔开车送我去他早年生活过的地方，还说是去找一个叫"群叔"的神人，治疗我怕黑的毛病。

　　老妈舍不得离开我，但她又相信老爸的话。她摸着我的额头，绵羊一样温和的眼睛看得我像宠物狗一样顺从。老妈本来最希望能在我最没压力的阶段看心理医生，老爸的话正好说到她的心坎儿上。

　　"哪个孩子不害怕黑呢？我小时候比儿子还怕黑。让他去群叔那里住一段时间吧，保证还你一个贼胆儿大的男子汉！"老爸商人的脸上，一副货真价实、出卖库存商品的表情。

　　唉，老妈，老爸的话怎么可以相信呢？他无非是"商人重利轻别离"罢了！

　　但是事已至此，除了接受现实，我一个十三岁男孩有什么办法？要想逃离作业、补习班、都市的乌烟瘴气，我别无选择。

　　汽车开动了，老妈一直把我送到小区门口，才在跟我亲了又亲之后放行。我的额头上长长地留着温馨母爱的感觉，让我一路心都发空。

　　吉普汽车不理解我的心情，驶出四环、五环，开上了京沈高速公路，向老爸的"群叔"开去。时间也许倒流了，钢铁机器要把我从都市送回老爸少年时代的世界。越接近目标，我心里越没底，山村没有光污染，岂不是更加黑暗吗？

二

　　老爸的"群叔"是一个满头白发的七十多岁的老人，我叫他"群爷"。

汽车驶下高速公路，又七拐八拐地驶入一片丘陵地区。再翻过一条峡谷公路，一个小村庄突然出现在视野里。连接黑色路面的是一条光洁硬实的沙石路，群爷就像路标一样耸立在路边。

汽车停下，我一从车门出来，路标就移动，群爷已一步迈上前来，双臂一划拉，准确地把我紧紧抱住。

群爷一双粗糙的大手在我身上抚摸，最后停留在我的额头上。他身上有一股汗馊味，我身体本能地拒绝，但想起老爸临行前的嘱咐，我马上装出温顺的样子，接受他的亲热方式。

"呵呵。"群爷笑了起来。他的大手抓住我的大手，比画道："真是像你爸爸呀！只是身架比你爸当年壮实多了。你得有一百五十斤，一米七高。你爸当年像你这么大时，可是只有七十斤呀。"

群爷的话吓了我一跳，我临行时是在家里卫生间的地秤上量了体重和身高的，群爷说得真准。我的体重接近肥胖，我一向对外人保密的。

司机刘叔叔摁几下喇叭，他在车里向我挤眼睛，那是我俩的约定，如果我不想留下，他就立刻载我回去。

"走吧，回家吧！"群爷的手臂紧箍着我，我像被绑架了一般，根本无力挣脱开。

刘叔叔冲我不怀好意地怪笑，好像在说："这回你吃苦遭罪可不怪我！是那个老头儿不放你。"他又对着群爷摁了几下喇叭，道一声："把孩子交给您啦，我完成任务了。"踩一脚油门，汽车"呜"的一声，扬长而去。

群爷牵着我，面对远去的汽车，直到听不见汽车声音时，才紧紧牵着我的手，向不远处趴在山坡上的村庄走去。

脚下的沙石土路洁白干净，窄瘦狭长，正好能容得下两个人并肩同行。群爷身材高大，脚步踏实，每一步七十五厘米，是标准的军人步伐。他穿着一件几十年前的旧式军装，白得没有一根黑丝的头发在初秋的太阳下熠熠闪亮。我想摆脱他的大手，向前快走几步，看看他的脸。可是他牵着我的胳臂却坚硬有力，使我很难超越他。我从侧面，只能看到他一张戴着墨镜的脸庞的大致轮廓。

道路拐弯了，前面一段枯枝横拦在路上，群爷猫腰捡了起来，顺手掷向路边的柴火垛。

一头灰毛驴拉着辆木车从岔路口出来，赶车的老人和群爷打招呼："群哥，那是敬东的儿子，从北京回来了吧？"

"是呀，是呀，你看，敬东的儿子才十三岁，长得多像一个壮小伙呀！要不是一张娃娃脸，真让人以为是壮劳力呢。"群叔用充满磁性的男中音回答。

"城里的孩子就是营养好呀！"老人仔细看看我，愣头愣脑的小毛驴被他吆喝住，打着响鼻儿，不满地站在路边，给我和群爷让出路来。

"你车上的香梨是东沟悬崖边那棵树长的吧？那里是阳坡，花开得早，果实也熟得早。那几棵树果实最甜，今年卖个好价钱，又够你家孙子念书钱喽。"群爷说。

假如不是老爸多次描述过群爷，此刻，我怎么会相信，身边行动自如的老头儿，竟然会是一个盲人？

三

山村的夜真静，也真黑。

村庄本来就坐落在一处山坳里，四面是起伏的山峦。没有马达的轰鸣声，只有秋虫在四下里噪响。没有城市的霓虹灯闪耀，各家各户连电视机都早早关闭了，夜愈深，山里越空旷安寂。

我和群爷一直在院子里的葡萄架下聊天，回答着群爷关于我爸妈的各种提问。我偶尔抬头看天。天河横亘，星光灿烂，更衬托得天际浩瀚渺远。

山深，路远，没有手机信号，没有宽带，群爷家里也没有电视机，只有几只各种大小的收音机。老爸要我在这里住七天。除了一个老爸故事里的传奇老人，我真不敢想象怎么打发未来的几天。

"呜哇，呜哇……"突然，村庄里谁家的驴子引吭高歌起来，声震四野，虫鸣止息片刻，出现了短暂的寂静，让我更知道了"夜静更深"的注解。

我和群爷聊得舌头都麻木了，但我毫无睡意。山里的夜色如此陌生，我该如何打发漫漫长夜呢？

"走，我们巡夜去吧！"群爷仿佛看透我的心思一样，他在野外的虫鸣重新奏响之前，已经站立起来。

"黑灯瞎火，我们去哪里？"我既惊愕又好奇。

"哈哈，跟群爷走吧！"群爷已牵住了我的手，并在我的手中塞了一支足有胳臂长的手电筒。

手电打开，浓稠的夜色被白光切开，脚下惊跳着各种丑陋的昆虫。蚂蚱、蛐蛐不时扑上脚面。路两边的庄稼黑压压的，微风吹过，田野里仿佛埋伏着各种禽兽。我一只手紧紧地抱住群爷的胳臂，但脑子里不停地蹦跳出曾道听途说的妖魔鬼怪故事。

突然，我脚下踩中一个软绵绵的肉体，仿佛往日噩梦里的情节。

"妈呀！"我惨叫一声，一下子跌倒在群爷身上，浑身颤抖起来。

"起来！"温和的群爷突然发出一声低沉的命令，语气坚定，不容拒绝。

我赶忙用手电去照，脚下正蠕动几只"怪物"，周身肮脏、粗糙，圆亮的眼睛直瞪着我。

"不就是几只癞蛤蟆吗？"群爷说着，把我蹦跳着躲闪"怪物"的身子扶正，一只大手搂住了我颤抖的肩膀。

"去吧，去吧，别挡着我孙子的路。"群爷说着，用脚轻轻地把几只蟾蜍拨拉到路边的草丛里。不一会儿，草丛里发出"扑通、扑通"的几声响来，并随之飘来一股湿润的水汽。噢，原来那里是一处盈满星光的池塘。

"群爷，我们能回家吗？"我颤抖着问。

"孩子，别怕，别怕，有什么可怕的呢？咱们这地方很安全的。"群爷并没有回转的意思，而是牵着我的手向前迈出了脚步。

"孩子，注意，往前走！身体端正，头别转来转去的。男儿身上三盏灯，正照亮着你呢。"群爷的脚步稳健扎实，标准的每步七十五厘米。他是盲人，看不见光明，当然也看不见黑暗。可是我不行，我看不透四下里无边无际的黑暗。

"我身上哪有什么灯呀？"我把头转向身后。手电光在前，身后是茫茫的黑，隐隐有脚步声在身后一路响着。

"群爷，后面是谁？"我拉紧群爷的胳臂。

"哈哈，孩子，那不是你自己的脚步声吗？"群爷轻声地答。他示意我们停下来，果然，身后的脚步声马上消失了。

"群爷！"我用手电四下里乱照。高粱、玉米、树木、沟谷，白光划过之后，是更加幽深的黑暗。我声音颤抖着，央求说："群爷，回家吧，我真的害怕！"

"哈哈。"群爷的大手搂住我的肩膀，掉转头来，往回向村庄半坡上的小屋走去。

迈进群爷家门，"啪"的一声，拉亮屋里的白炽灯，光明四下里开花，黑暗一下子被拦在了门外。那一刻，我几乎虚脱了，周身热汗蒸腾。

"孩子，你爸爸当年比你还怕黑，他也是在城里被吓出毛病的。"群爷说。灯光下，他白发苍然，黑墨镜片后的脸色慈祥，让我惊恐的心逐渐安定下来。

那一夜，小屋头顶的白炽灯始终亮着。群爷一直坐在我的被筒边，看护着我的睡眠和梦境，一直到天光透明。

四

早晨，我睁开眼睛，日光已经透过老旧的窗子照射进来。奇怪，昨夜我并没有做噩梦。天亮了，我心里放松了。迷糊上眼睛，想着新一天的日程安排。老爸允许我不带课本，还推荐了几本抒情小说给我，白天无事可做，我又放松地睡了一个回笼觉。待我睡透了觉起身时，群爷已烧出一桌香喷喷的农家饭菜。茄子、土豆、山菜，都是本地土产的绿色食品。

吃过饭，群爷领着我向村庄外面走去。是昨晚巡夜的路径。我发现，昨夜幻境中黑乌乌的城堡，不过是高高的柴垛；埋伏各种怪物的玉米田里，金缨灿灿，一股丰收在望的气息；小小池塘边长满芦苇和剑蒲，水面清净透明，几只红蜻蜓正在水面上浪漫飞行；听见脚步声，塘边谈情说爱的青蛙像跳水运动员一样，"扑通、扑通"，在水面砸出一圈圈涟漪；山坡上的梨子金光闪闪，苹果在叶隙间展示圆润的脸庞。一切祥和美好。我为昨夜自己的丑态羞臊起来。

"群爷，我老爸当年比我还胆小吗？"我在群爷身前身后跳来跳去，头顶温暖的太阳照得我心胸一片灿烂。

"是呀，那时是动乱时代，你爷爷是我的老战友，被坏人批斗，就把你爸送到我这儿。"群爷平静地答。他不时地和田里劳动的人打招呼。他的声音那么有磁性，真应该去广播电台做老年节目的主持人，我在心里为身边的老人惋惜。

"我老爸后来怎么就不怕黑了呢？"我好奇地问，哪个孩子不想知道自己老爸老妈孩提时代是什么样子的呢？因为父母是我们生命的起源。

"黑暗有什么可怕呢？男儿身上都有三盏灯。"群爷应。

"三盏灯？"我记起昨夜群爷也这样说过。

"是呀，头上一盏，两个肩膀上各一盏。"群爷应。

"人生下来就有光保护着，凡是坏东西都怕光！"群爷边走边说，"走夜路不能摇头晃脑，头一动，头顶的灯就掉了；往左回头，会碰掉左肩的灯；往右回头，会碰掉右面的灯。"他迈着标准的军人步伐，沟沟坎坎，弯路曲径，都轻松迈过，准确得令人惊异。

"哦，群爷，你当年和老爸也是这么讲的吗？"说话间，我向李树枝头的一只喜鹊投出一粒石子。喜鹊知道我在和它开玩笑，故意前仰后合地躲闪了几下，"叽叽喳喳"地翘着花尾巴和我打趣儿，好像故意和我逗趣。

"你爸爸原来在夜里不敢走路，总认为身后有怪物追赶，我也是叫他从走正步开始的。"群爷慢悠悠回应。

不知不觉，我们已经走过整齐排列的白杨林，珠光宝气的苹果园，金缨闪闪的玉米田，不时传来裂荚声的大豆地，转回到安宁淳朴的村庄。

这是一个有些冷清的村庄。青壮年都去城里打工，留守的只是一些老人和儿童。群爷每天都去巡夜，是他自己主动去的。几十年前，他在北方边境的一次冲突中负伤，回到家乡后，就开始了巡夜的生涯。难怪他脚步稳健、准确，他早已经熟悉了这里的每一寸土地。

仅仅来了一天，我就对这里产生了亲近感。是因为老爸曾经在这里生活过，村庄道路上曾经晃动着他少年时代的身影，这里记录着他成长的轨迹吗？我隐隐觉得，这里和我的生命有某种天然的联系。

五

这天夜里，我再次跟着群爷出门巡夜。

我全副武装，手电筒就带了两支，一支是群爷的长把手电，一支是老爸临行送给我的靠振动发电的节能手电。

山村的黑暗照样浓稠。白日暖和，夜里湿气就大，夜深之时，四下里更是蒸腾起雾气。手电光的射程里，雾团鬼头鬼脑聚会，颇有些不怀好意的诡秘。

走过村前的老柴垛，我用手电照射那座墨一样的城堡时，群爷低声道：“喂，轻一点儿，小麻雀正在里边做美梦呢！”我赶紧把手电光移开，生怕惊吓了鸟的梦境。

前边是白杨林，白天在李树上和我打招呼的花喜鹊，就筑巢在最高大的白杨树上。我用手电去照，鹊巢像一个在树杈中高举的句号。群爷好像看见了一般，对我"嘘"一声，道："花喜鹊正在抱窝呢，你别吓着它。"我赶忙收回了电光。

小池塘在夜光下捕捉光芒，雾气遮遮掩掩。"扑通、扑通"，因为我和群爷的临近，青蛙们不停地跳入水中，一圈圈涟漪搅乱了雾中散乱的星光。

走在熟悉的坚实土地上，和群爷说着话，不知不觉，我们已经走出很远。再穿过一片黑松林，迈过一条小河，我们就要从另一个方向转回到村庄了。

群爷忽然停下了脚步，用手牵住我的胳臂，道："孩子，你敢把手电关上吗？"

"有什么不敢？"我壮着胆儿说。手电关上，黑暗立刻从四下里汹涌而来，我的心一下子沉入无边的幻境，赶紧又把手电摁亮。哦，身边蹲伏的不是怪物，只是一簇簇矮壮的油松。

"手电关上，跟群爷走！"群爷的声音在夜色里响起，语气十分坚定。我不能欺骗一个盲目的老人，咬咬牙，再次把手电关上。

黑暗中，我们的脚步声在四下里回响。我感觉有怪物在身后悄悄跟来，并且，正要把毛茸茸的爪子搭在我的肩上……

我刚想回头，猛然想起群爷的话来。"男儿身上三盏灯。"我可千万不能把我的生命之灯熄灭！我赶紧像群爷一样，迈稳脚步，挺胸，抬头，摆平双臂，正步向前走去。

"脚下有道沟，小心！"说话之间，群爷手臂牵引着我，稳稳地迈过了白天经过的一道河沟。

"嘘——"群爷迈上沟沿，忽然停住了脚步，用肯定的口吻道，"有一只野兔，要出来打食了。"我真想看看夜行动物的模样，但群爷有力的大手抓紧我握手电的手，使我无法打开手电的开关。

"闭上眼睛，细听！小家伙正在草丛里移动呢！"群爷低声说。

"群爷，我听不见！"我侧着耳朵，却什么也没有听见。

"要用心去听，用心去看！"群爷低声道。

我闭上眼睛，凝神，屏气，脑子里清静下来，心中逐渐变得宁静平和。

突然，我觉得面前一片光明，恍惚看见了白天经过的野荆花丛。二十米开外，一只灰色的野兔蹑手蹑脚，正在采摘松林边的蘑菇。它不时机警地四下环顾，长耳朵耸动，不停地搜索周边的声响。

我学着群爷，屏住了呼吸，生怕干扰了野兔的进餐。

好一会儿，小野兔像饱食后的小孩，心满意足地蹿跃了几下，倏然隐入茂密的花丛。我和群爷都长舒了一口气。

那一刻，我们像两个在篮球场上找到默契的队友，彼此不用说话，就相互理解了对方。

"孩子，看清了吧？用心看，什么都会看到。"群爷说着，率先迈开了脚步。

一老一少，并肩前行。

这时，奇迹发生了，当我睁开紧闭的眼睛时，面前的景色清晰如白昼。秋风徐徐吹来，薄雾渐渐散去，灿烂的银河下面，村庄、丘陵、果园、河流，全部历历在目。

此时，正是午夜时分，夜色正浓。我怎么突然有了望穿黑暗的能力呢？

我激动地抱紧了群爷健壮的胳臂……

六

巡夜回来，我第一次关灯睡觉，更不要群爷守候在身边。钻进被筒之前，我看穿了屋里的深邃，看到了窗外灿烂的星河。

第二天起床后，我因为夜里睡眠充足，变得格外耳聪目明。神清气爽的我，不再逃避过去心中潜藏的恐惧，开始向群爷仔细描述我曾经的噩梦。

下午的斜阳照耀着淡蓝的远山，山坡下的公路绕来绕去，伸向遥远的地方。路径不管怎么缠绕，都连着村庄，连着我在都市里温暖的家。刚离家才几天，不知为什么，我宽阔的额头经常会感受到老妈柔软温热的抚摸。

"你爸爸是因为被那个年代的坏人在夜里追杀，所以怕黑。孩子，要想摆脱噩梦，就要找到它的起因。"群爷始终不肯让我看到他残疾的眼睛，连睡觉都戴着墨镜。此刻，我透过黑色的镜片，想象着他曾经有过的明亮眼睛，想象着他双目中射出的具有穿透力的光芒。

"孩子，闭上眼睛，不要逃避，去想那个噩梦吧！"群爷说。秋风吹动他的白发，老人像山中修行的一个智者。他启迪过我的老爸，此刻，又在点化着我。是呀，群爷曾经是一名出色的狙击手。当年，他埋伏在边境线的某处，或是岩石后面，或是草丛里，目光执着，意志坚定，用心去感受大地和身边的一切，我心中升起对他由衷的敬佩之情。

黑暗，柔软的无底的深渊，四下里坚固的墙壁。我四下拍打。没有门。无论我如何哭喊，都没有回音，四下里一片死寂。我冲撞、踢打，却怎么也无法突围……

灿烂的秋阳照耀下，我闭上眼睛，向面前的白发智者描述我曾经的梦境。

噩梦真长！

仿佛过了好久好久，浑身战栗的我，终于勇敢地睁开了眼睛。

哦，群爷正端正地面对着我，狙击手的目光似乎要透过黑色的墨镜片，把我的恐惧洞穿。

"孩子，你小时候，哦，你那时大概三岁吧。妈妈在厨房里做晚饭，你在卧室里睡着。可是你忽然睡醒了，一个人玩起来。可是，你太淘气了，不小心钻进了衣柜里。柜子被反锁上了。里边黑乎乎一片，你害怕，你用力拍打柜门。可是，厨房里抽油烟机在响，锅碗瓢盆在响，柜子又隔音，你的力气又小，妈妈听不见你的哭、你的喊。平时你睡眠很长，这会儿不该醒来的，况且你虽然淘气，却很少到处钻的，妈妈怎么会知道你的处境呢？你哭，你喊，你害怕，但是你就是出不来。最后呢，你哭喊累了，撒了一泡尿，趴在柜子里的棉被上睡着了。是呀，你本来就没有睡足觉的……"群爷磁性的声音在秋阳下娓娓道来。我闭上眼睛，恍惚中回到了幼年，群爷的讲述在我的脑海里放电影一般，只是没有色彩，是老电影，黑白片。

"妈妈发现你时，你已经在柜子里睡沉了。梦里还在抽搐，还在委屈地哭，还在恐惧地叫！"群爷慢悠悠地说。

"啊！"我大叫一声，紧紧抓住群爷的大手，惊讶地问，"您是怎么知道这一切的？"我如在黑暗中拨开迷雾一般，心中豁然开朗，终于找到了自己噩梦的起源。

"哪个孩子都有差不多的经历。黑暗是无边无沿的东西，谁能不怕黑呢？孩子，爷爷没有那么神奇，这些都是你爸爸告诉我的。你爸妈从来没有放弃寻找你怕黑的原因。"老人的大手反握住我，一股暖流顺着手臂传来，我们血脉相连。

"哦！"我久久地看着群爷秋阳下的脸。那是一张老人的脸，沟坎纵横，藏着岁月的痕迹。但那张脸上阳光四溢，把我们父子两人的少年时代照亮。

可是，群爷真的适应黑暗了吗？

仿佛知道我的所思所想，群爷面对着斜向西山的秋阳，发出一声叹息："太阳多圆，多亮呀！爷爷真想看看它。"

七

我盼着太阳快快落山。我第一次希望黑夜早些来临。但是，夕阳落山时慢吞吞的，充满对天空的留恋。

不过，夜总算黑透了。村庄的灯光一盏盏熄灭，天地之间一片寂静。

不用我恳求，群爷就痛快地批准我独自去巡夜。

走出群爷的小院，我一路向旷野中走去。

我记着群爷的嘱咐，只要心中装着山川、河流、村庄、植物、动物，黑暗里同样可以用心看见它们。一个心里洒满阳光的人，怎么会害怕黑暗呢？

我一路平静地走过，手中的手电根本没有开过。

当我美滋滋地回到群爷的小院时，白发老人站在门口，像在迎接一个完成任务的士兵。

立正！群爷在星光下给凯旋的我敬了一个标准的军礼。我冲过去，紧紧地抱住面前的老人！

这一夜，我深刻体会了深度睡眠的美妙。原来，梦是可以有色彩的，我第一次在梦中看见了开满鲜花的原野，还有天空中安详的雁群。

早晨起来时，我第一件要做的事，就是把我的梦境讲述给群爷听。

可是，群爷正在一边收拾我的旅行袋。噢，今天是我离开村庄的日子。时光怎么这么快呢？我刚刚熟悉了这里，就要马上离开⋯⋯

我依依不舍，黏在群爷身边。给他讲我彩色的美梦，讲我即将进入的新校园，讲我们班里的趣事。可是，群爷分享着我的快乐，却始终不正脸面对我。

我多想让他和我一起去都市，和我、和爸爸生活在一起。可是，离开这片宁静、安详的大地，他还会行走自如吗？

和群爷告别时，我发现自己和老人的个头儿差不多高，只是肩没有老人宽。是的，我马上长成一个大人了。

没有告别仪式。两个心灵相通的男人，何必缠缠绵绵呢？我努力装出男子汉的气概来。

但是我还有车窗外的群爷，怎么满眼都是泪水呢？

汽车开动那一刻，群爷老泪纵横。水渍打湿墨镜片，淹没了他脸上沧桑的沟壑。

爷爷呀！

八

回到家中，老爸把他办公室背景墙上的字幅送给了我。那是爸爸自己的书法——端正！

我把那两个字用手机拍下来，设计成手机屏幕的主页面。

每天睡觉之前，我都在关上手机前，看看那两个字。

是的，男儿身上三盏灯，与生俱来。走得端，行得正，身上的灯才不会被自己的错误行为熄灭。一个身上明灯闪亮的人，会蔑视各种各样的黑暗。

　　我彻底告别了从前的噩梦。

　　某天夜里，老妈又来关照我。我的卧室没有开灯，连窗帘都拉得严严的。打开电灯，老妈看到的是深度睡眠的我。她静静地看了好久，还喊醒老爸，一起来看我的睡姿。最后，老妈激动地取来相机，拍下几张我酣睡时的照片。

　　嘿嘿，脸上洋溢着向日葵般的笑意，嘴角仿佛发出甜蜜的呓语，我原来是一个睡姿优美无比的少年！

十六岁诗人的远方

一

说真的，兄弟，我和你一样讨厌平庸，厌恶日复一日、年复一年的单调生活。在这个世界上生存，太阳升起又落下，月亮渐渐丰满又渐渐成为天空的缺憾，这就是我们生命的空间。

在我读高中的小小山城之外是起伏的山峦，跌宕的山地，漫天的黄土。在枯燥乏味的晚秋走出城市，让自己飞翔起来，浩瀚的天空该具有多么巨大的引力啊！我不知道你是否有过飞翔的梦想，兄弟，我有过。

我常常在夜里被一片紫色的云彩托起来，无处着落。我既兴奋又恐惧，不知道自己将被载向哪里，在惊醒之后一身冷汗。可回味起来，梦中的感觉真好。但是，我一度以为自己是病了，为此曾偷偷看过中医。

　　记得那个医生有一张极其平常的面孔，他只是切了切我的脉搏，然后淡淡地笑了。他说，孩子你没病，去吧去吧。我知道自己没病，更为自己高兴，因为我可以心安理得地去享受梦想的快乐与惊险。在一个又一个平凡的日子里，我的生活因为梦想而变得异常超脱。

　　兄弟，那时我十六岁。十六岁的我不叫老臣，叫陈玉彬。陈玉彬是个怎样的少年呢？他和你一样讨厌课本，讨厌算盘，讨厌数学，讨厌 ABCD，讨厌怪腔怪调一身腐朽味的历史老师，讨厌双眼皮大得像两道伤疤的校长……在这个世界上生存，除了生命，陈玉彬还喜欢什么？咳，在一个又一个相似的日子里，挟一本书，随便找一个没人的地方，沉入一种遐想的境界。除了这，陈玉彬还喜欢什么？咳，除了在衣袋中那只揉得烂叽叽的日记本上涂鸦，陈玉彬还热爱什么？

　　哦，兄弟，你莫笑，我之所以变换叙述的方式，是想讲一个故事。其实，十六岁是一个自己把自己弄得乱糟糟的年龄。在十六岁，我发现自己喉结变大，说话变粗，我发现许多自己与这个世界相悖离的地方。假如十六岁那年我没有经常逃课，没有钻进镇上的图书馆读完摞起来可以顶到房顶的图书；假如我没有在报纸屁股上发表几首短得只有三行的诗歌；假如、假如那年我不是十六岁，那么远方还会对我产生那么巨大的引力吗？

　　十六岁诗人陈玉彬迈出校门的时候，他听见米在后面喊了一声。

米是个干瘦的女孩，米说："诗人，你真要远行吗？"米的两条小辫子又干又黄，像两束没被雨露滋润过的狗尾草。

米有些红肿的小眼睛一动不动地望着他，陈玉彬看见她的喉管蠕动了一下，肯定是咽下一泡口水，她总是有这样的动作，他讨厌她这个动作。陈玉彬就高昂起头说："男子汉大丈夫，一言既出，驷马难追。"

"你不怕疤眼儿校长？"米试探着问。

陈玉彬抬头望望似乎是扁圆形的太阳，恶毒地想起一首童谣来。

夏天，村庄里的孩子们望着从头顶"沙沙"掠过的沙虫唱：

> 沙虫飞，疤眼儿追；
>
> 沙虫落，疤眼儿乐；
>
> 沙虫跑，疤眼儿找；
>
> 沙虫没，疤眼儿回；
>
> 沙虫沙虫你真行，
>
> 累得疤眼儿像狗熊。

想着，想着，他乐了。他乐的声音在若干年后老臣的小说中，被形容为"刺啦"一声，好像火柴擦燃的响儿。

"陈玉彬，你真行！"米望着陈玉彬笑了。米笑的时候竟然很动人。再干枯得没有水分的女孩的笑都很动人，笑是人世间最奇特的雨露，可以滋润别人也可以滋润自己。

陈玉彬有些感动，他挥起手臂，手指打个响儿，扭身而去。他不知道，当米长成一个细高挑的女硕士生的时候，来信给陈玉彬说："那时，你走得可真冲，肥大的喇叭裤、脏兮兮的球鞋、披肩的长发，硕大的灰色桶包在屁股上一砸一砸的，真是一副流浪者的形象。你知道吗？我望你的背影望了十几分钟，直到你走出叫万米的小巷，消失在干燥嘈杂的空气中。我几乎流泪了！假如当时我没意识到我的性别，我一定会追上去，请求与你同行！"

咳，米，又黑又瘦的小丫头，你为啥没有追上来呢？再勇敢的远行者都希望有个同伴，你知道吗？陈玉彬不叫陈玉彬叫老臣的时候，曾经为你的来信尴尬地笑过。米，你后来成为真正的远行者，定居在远离陈玉彬的南方那座著名的孤岛上。米，你的感觉怎样呢？

兄弟，你别怪我在故事的一开始，就设计出有女孩参与的悬念，这一切都是真的。要讲清楚女孩米的故事，需要占江苏《少年文艺》半本的篇幅。我的故事与米只在开头结尾有联系。那时我啥也没想，只是觉得米真有意思。

我很快来到火车站，候车室里乱糟糟的，这是一个三等小站。恰逢赶集日，破烂不堪的排椅上挤满赶集的农民。到处堆着呛人的黄烟叶、大蒜辫子、扁担和筐篮。兄弟，你知道吗？一个热爱诗歌的少年会绝对厌恶室内庸俗的气息。我那时摸摸口袋，用手攥住二十三块钱，小心地靠近售票窗口。

黑洞洞的窗子里传来中年妇女沙哑的吆喝："去哪？"我那时一下子被问愣了。

去哪，我去哪？这是我犯的一个致命错误，我有机会选择远方，可我没想过远方是个什么概念。在小小的售票窗口，我醒悟过来，远方是一个地方，我要在那里下车。铁轨是两条平行线，我沿着这两条平行线，通向一个点，一个站点，我的远方竟然是一个站点！

"你去哪？"窗内沙哑的声音没好气地吼起来，我哲学家一样的思考一下子给打断了。

我忽然想起一个地名，脱口而出："羊山！"对了，我要去羊山。哦，陌生的羊山，你就是我十六岁的远方吗？

兄弟，你可知道我为啥想起羊山？那时，我高二掌握的知识已让我知道华盛顿、纽约、巴黎、莫斯科、北京、西藏、新加坡等一大串著名的地方。可是，我没有想去巴黎，甚至没有想去北京，我想去的只是羊山。不为什么，只为有一个叫"下雨"的诗人，地址是羊山。

"下雨"有一首短诗让我十分崇拜。那是一首咏雨的诗。诗人说，下雨不是下雨，是天在流泪。"下雨"还说，在你看不见的地方，水浑身都是伤口。兄弟，你知道吗？"下雨"知道水不但淹得死人，水也有自己的痛苦。他说，水、浑、身、都、是、伤口！

你说，在一个狗屁诗人能抵得上十个大款的一九八一年秋天，"下雨"所在的羊山成为我十六岁少年的远方，是不是理由十足？兄弟，我是个绝不强词夺理的作家。

二

　　列车在辽西大地上穿行。陈玉彬选了一个挨窗的位子坐下，这样他得以看到窗外的风景。

　　正是晚秋，山野间一片破烂的景象。庄稼被马拉进村庄了，田野上刮着破碎的枯叶。漫山的果树上果实已被摘走，秋风撕下一片一片红叶来。

　　火车不时地钻山洞，陈玉彬觉得火车是一条蛔虫，蜿蜒在大山的胃里。火车不是一条健康的蛔虫，它是一条患了哮喘病的蛔虫，不时地咳嗽，不时地吐痰。它走走停停，停停走走，绝不会忽略任何一个小站。

　　车厢里嘈杂而混乱。陈玉彬讨厌烟草的辣味，讨厌口臭和脚丫子的酸味。他真想站起来，朗诵几首诗歌，以便使污浊的空气得到净化。可他不是没有激情，也不是没有勇气。只是他知道，木讷朴实的乘客们不会把诗歌当成烟卷去享受。他们肯定已经达成共识，那就是：听诗人读诗没有搓脚丫子缝儿过瘾！这对诗人陈玉彬是多么残酷的结论啊！

　　东行的列车停在叫羊山的小站上时，黄昏正在来临。

　　陈玉彬被火车"吐"到站台上，他狠狠地大吸几口空气，觉得心里真痛快。这时，他才知道，那些熟稔的群山已退缩到很远的地方，陈玉彬已置身于辽阔的辽河平原之上。车站是一块高地。站在空旷的站台上，他看见夕阳下的旷野没有边沿，大片大片地舒展坦露。这就是他向往的远方吗？他回望来时的方向，忽然发现学校所在的山城已经成为他现在的远方。

不知为啥，陈玉彬忽然没了激情。

就在他在站台上呆立时，一个穿铁路制服的中年人走了过来，手中挥舞着一面绿旗一面红旗，陡然冲陈玉彬喊了一声："喂！"

陈玉彬打了个哆嗦，他有些冷。

"喂，你还站这儿干啥，有票吗？"那人问。

"没票能乘车吗？"陈玉彬漫不经心地应。那时他极讨厌中年人，他认为，假如青年人是少年的哥哥，那么中年人则是少年的老子，老年人则是少年的爷爷。陈玉彬像讨厌讨厌诗歌的老子那样讨厌中年人。

"噢，你咋还不走？"那个中年人并没有做出更让陈玉彬讨厌的动作。他没有验票，反倒用友好的眼神看着陈玉彬。

"走？"陈玉彬又一次觉得迷惘。走，往哪走呢？那一刻，他忽然记不得自己来这里干什么。

"小伙子，出站吧。"那人说。

陈玉彬背起桶包，往站外走。他忽然看见"羊山"二字在验票口上方红着，就记起自己是来找"下雨"的，便扭身喊那个中年人："喂，师傅，你知道'下雨'吗？"

"下雨？下午没下，上午下了，是小雨，不大的。"中年人挥动指挥旗说，"你看，天不是晴透了吗？"

陈玉彬没有看天，他看地，并注意到脚下水泥块的沟槽里尚是潮乎乎的。但他马上意识到那人没听懂他的话，便纠正道："师傅，我不是问你下雨没下雨，我是问，有个叫'下雨'的诗人，你认识吗？"

"下雨？湿人？"中年人晃了晃头，看陈玉彬的眼神怪怪的，但他仍是认真地应道，"你是说下雨浇湿的人？"

陈玉彬觉得好气又好笑，在羊山竟有人不知道"下雨"是一个"诗人"。对牛弹琴，对牛弹琴！他知道再也问不出啥，就扭头走出木板钉成的小站栅门。

"'下雨'，在哪呢？"站在空旷的站前广场上，望着一张张陌生的面孔，陈玉彬有些茫然。他已更加证实中年人不喜欢诗歌，就像自己的老子一样。他向大街上走去，一步步走向炊烟缭绕的民间。他要去那里寻找那个知道水浑身都是伤口的诗人。

三

兄弟，你笑得有点儿恶毒。你觉得这个故事不好听？嗨，你千万别相信好听的故事。告诉你，我老臣的经验是，好听的故事大部分是瞎编的。你相信丑小鸭会变成白天鹅？对，是变了，不过那是因为丑小鸭就是小天鹅，而不是小鸭子。它之所以被当成丑小鸭，是因为误解。不信？那么你随便让哪只鸭崽子变成一只鹅吧，不用变天鹅，变家鹅——变红掌拨清波的家鹅就可以。变呀，变呀，不能变吧？

噢，你手中是什么书？《我是流氓我怕谁》。咳，你觉得这书有意思，写得好？其实，你千万别以为痞子是天下真英雄，我劝你日后写这么一本书《你是流氓谁怕你》。对，就取这书名。兄弟，你读这本书时，王朔正在笑话你呢。他用小说笑你，《我是你爸爸》！你是不是觉得你被他占了便宜？咳，这伙计未到中年，干吗这么诈唬？兄弟，你不用觉得难过，王朔本来是个挺不错的小说家。他笑话的不是你一个，笑话的是一大群人。你若觉得读他的小说吃亏，那是因为你方法不得当。我告诉你，读王朔的小说，不可以默读，而应该喊出声来，不信，你大声读——

王朔！我、是、你、爸、爸！

喂，过瘾不？不但省略那个书名号，还觉得自己与那个不错的小说家摆平了，对不？

兄弟，你一定要写作。你才十五岁半，往后的日子有你要的。你要不写作，造纸厂造出的那些纸给谁用呀？写吧，你。

噢，你说，你还想听陈玉彬的故事，可是，陈玉彬走向民间的时候，我的故事已没法再讲下去了。

四

羊山是一座小得可怜的小镇，仿佛随便丢在平原上的一只烂鞋子。

　　小镇的颜色灰溜溜的。上午的雨在各处留有痕迹，道路被踩得稀烂，几座古老的土屋檐下仍在滴落水珠，空气中有一股粪便的臊腥味。没有鸟在空中飞过，连麻雀这种最常见的鸟都没有。

　　诗人、流浪者、少年陈玉彬在小镇上茫然地走着，审视着每一张面孔。他真希望有一张面孔鲜艳而生动，带着雨露滋润过的颜色，洋溢着夏天青苗的气息。可是，没有。黄皮肤黑眼睛黑头发的小镇人与山城人的面孔出奇地相似。这就是他为之心驰神往的远方？这就是他为之逃课而匆匆奔来的远方？但他固执地相信，小镇会给他一份意外的惊喜，因为诗歌在民间，就像叫"下雨"的诗人在羊山一样。

　　破球鞋在泥地上走得十分艰难，那本是一双漂亮的白球鞋。

　　陈玉彬喜欢白色，白色冷峻，但白色最容易被沾污，被沾污的白色比肮脏的灰色和黑色更令人恶心。

　　秋风透着凉意，吹得陈玉彬的头发一飘一飘的。因为他的长发，疤眼儿校长曾找他数次谈话。

　　日头已经落去。平原落日迟缓又沉着，但它必定如一枚熟透的杏子，风一吹，就落去了。陈玉彬觉得好冷。小镇人的目光和脸孔更让他发冷。

　　"你认识'下雨'吗？"他问一个肥胖的老女人。他本来十分讨厌肥胖的女人，肥硕的女人总是让人不怀好意且浮想联翩。

　　"下雨？"肥胖的女人脸上现出惊愕的表情，她抬头去看空旷的天空，目光迷茫。陈玉彬有些失望，不待她回答扭身而去。

"你认识'下雨'吗？一个诗人。"陈玉彬大概是第十次发问。对方是一个扎羊角辫的小女孩。小女孩惊恐地望着他，"哇"的一声大哭起来，口中喊着"妈妈"，跌跌撞撞碰开一扇漆黑的大门。

"你认识'下雨'吗？一个诗人，一个写、诗、的、人！"陈玉彬再次发问，他问的已不是哪个人，他问的是整条大街。

大街不大，只有短短的六百步长。陈玉彬已徘徊了十二个来回。他知道，小镇上每个人都已经知道有个细瘦的少年在寻找"下雨"。那个少年固执而坚定，像一个精神失常的病人，肮脏、古怪，不可思议。可是，没有人回答，土巷沉默而泥泞。

陈玉彬已认出自己踩下的脚印与牛羊的蹄印多么不同。可是，在羊山，没人知道诗人"下雨"。而在远方那座山城的一所中学，有个叫陈玉彬的人只发几首短诗就名扬全校。应该有很多人知道"下雨"，因为下雨的名字和地址明明印在那张"文学函授中心"创办的小报上，那首诗歌的下面，清楚地标明："下雨"，羊山人。

陈玉彬觉得好悲哀，他想，"下雨"怎么可以生存在如此轻视诗歌的地方？可是，"下雨"，为什么不自己站出来呢？

黄昏的彩色幕布在秋风的吹刮下降落了。陈玉彬已冷得彻骨。由于大地的吸引，他觉得背上的桶包好沉重，身体也好沉重。如此沉重的身体，怎么会浮在云朵上飞行呢？那会儿陈玉彬嘲笑起自己曾经为之激动过的夜梦，他还幽默地想到，假如此刻他是站立在大地的上面，假如大地真是一个球体，那么，在地球的那面，人或者房屋，不是大头向下，垂挂在地球下面吗？嘿，真有意思，地球好比一块磁铁，万物好比吸在磁铁上的铁屑，人是多么渺小和微不足道啊！

就在这个有引力的地球上，一九八一年晚秋，十六岁少年陈玉彬在叫羊山的小镇上寻找一个叫"下雨"的诗人，并把这当成远行的目标。陈玉彬忽然觉得肚子里十分空虚，他有气无力地走向一家小饭店。

黄昏的余光里，那曾被雨淋湿、尚未被风吹干的红幌是那么诱人。在饥饿寒冷的时候，有什么比吃饭更重要呢？诗歌和粮食，本来不可以在一个市场上出售。陈玉彬捧起面汤的时候，决定再不寻找什么狗屁诗人"下雨"了。

五

兄弟，我的故事讲完了，就这么回事，没头没尾。其实，人生就是这么回事，你总要去追求什么，你总想活得不平庸。可是，平庸和伟大之间又有多少距离呢？我曾厌恶最平常的劳动，但正是平常的劳动养活了我自己，也养活了我爱的人。我知道，你讨厌天下爱说教的中年人。可是，兄弟，我是你哥哥，不是你爸爸。

贪大辈儿，没好事，天下的爸爸是活得最累的男人，他们不相信诗歌是因为他们热爱最平常的生活。这道理你懂，对吧？

来，兄弟，你喝口水。咋？要我给我的故事安个尾巴？咳，那样，你一定会失望的。告诉你吧，直到我二十一岁那年，偶然遇到当年编发"下雨"诗歌的那张"函授"报的编辑，他听了我寻找"下雨"的经历，"刺啦"一声乐了。那声乐像什么？擦火柴的响儿呀。

他说："你呀，哪有什么下雨、下雪的，那是为了证明我们函授学员的阵容庞大，随便划拉几句歪诗，想起啥就编个啥假名、假地址的。我忘了有那么首诗，不过，'下雨'这人肯定是哪位老兄瞎编的。"那编辑先生笑了几声就不笑了，他看见我像一个并不凶悍的流氓，正把并不粗壮的拳头握响。

他说："你想干啥？"

"我想对你下巴来上一拳！"我说。

兄弟，你说，我揍了没有？揍了？不对，没揍。我望着他惊愕的表情，渐渐松开了拳头，也笑了。你说我笑的声音啥声儿？

"刺啦——"火柴擦燃的响儿……

哦，我十六岁少年的远方，我的梦想！

陈玉彬脏兮兮走进校门的时候，全校师生正在操场上做课间操。黑压压的人群，在晚秋的阳光下，如一排排只有枝杈、没有叶子的树。

疤眼儿校长在，定定地站在一边，像一棵疲惫的树，榆树。

陈玉彬没有心慌，他大踏步向一束束目光走去。众目睽睽之下，他寻找到班级的位置，径直走到本该属于自己站立的地方。人群一阵小小的骚动，很快秩序井然。随着"一——

二——三——四"的口令，无叶的枝权们开始自己的舞蹈。

陈玉彬没放下沉重的桶包就开始做操。他从远方归来。他知道，在羊山的夜晚，他多么想念校园的灯火，那时，这片操场就是他梦中的远方。

不过，陈玉彬心中还是比较欣慰。在他雄赳赳走入队列的一刹那，他看见了黑瘦的米。米正在专注地望他，她黑亮的眼中闪射着敬佩的光芒。那一刻，他以诗人的敏感悟到，在日后平常的岁月中，米会成为他相距遥远但最知心的朋友。

开往秋天的地铁

一

刷卡，地铁通道的门像两片薄嘴唇，无声地咧开了。男孩走进嘴里，嘴唇立马合上，妈妈一下子被隔在了外面。身边的人挤撞着他，男孩几乎是被裹挟着迈入地下通道的。当妈妈光洁的额头像里程碑一样消失时，男孩心里紧抽了一下，他觉得世界上一下子没有了依靠，感到一种从未有过的孤单。

男孩叫明欣，这是他第一次一个人坐地铁。以前，身边总有家人陪着，有时是爸爸，有时是妈妈，有时更隆重，是爸爸妈妈两个人陪伴。他是去读奥数补习班的，坐地铁要九站路程，先要坐直线，再倒环线，最后在"鼓楼"站下车。整个假期都是这样过的。这一次爸爸要去上海出差，临行时对明欣说："儿子，你能不能自己坐地铁去上课呢？我像你这么大时……"

后边的话被妈妈抢了过去："你像他这么大时，已经自己骑自行车上下学了。可你那时是多大的一座小城？从城东到城西也不过两公里。这里可是有近两千万人口的北京！"

"妈妈，没事的，我早就可以单独出门了，只是你们不放心罢了！"明欣说着，甚至有一点儿兴奋。他在芳草地小学有个外号，同学们都叫他"高一"，全校学生个子第一高的意思。

爸爸笑嘻嘻地把明欣拉过来，说："儿子，比一下，瞧，你除了肩没有爸爸宽，个头儿已经比爸爸还猛一些了。嘿，别看你才十二岁，但看身量你真像成年的男子汉了！"

想到这些，明欣随着人流拥上地铁。他在人群里挺了挺有些单薄的胸脯，让自己的身体拔得更高一些。以前，有一段时间他常常猫着腰走路，那是刚被同学们封为"高一"时，很苦恼。此刻，他环视车厢左右，见地铁里站着的大人许多都没有超过自己的高度，他开始为此刻独立的行程得意起来。

"自己可是全班，不，肯定是全校唯一一个敢单独坐地铁的男生。"明欣听着地铁开动后的均匀声音，在忽明忽暗的车厢里拿出一本杂志来。明欣喜欢读诗，还经常读成人书刊。此刻，他读的是新出版的《诗刊》，打开，油墨的香味就立马飘开来。

那块脏脏的纸板是在明欣下了直线地铁，转乘环线地铁不久的时候伸过来的。那时，明欣有了座位，目光专注地定在书页上。

纸板把书页挡上，明欣看见纸板上面一笔一画写着这么两行字：

我没有路费回家

秋天来了，爸爸的坟头草儿黄了

二

明欣第一次完成独自旅行时，焦急等待的妈妈在四惠地铁站上，兴奋得像一个等来了凯旋王子的母后。她把明欣紧紧地抱在怀里，抱得男孩有些害臊起来。

"妈妈，干什么呀，我不是好好的吗？"明欣四下里环顾，看看周围有没有熟悉的老师、同学，或者邻居。四下里汹涌的是陌生的面孔，他转身幸福地用自己的额头碰碰妈妈的额头，大声说："妈妈，您早就应该让我独自一个人出门了。"

母子俩挎着胳膊往地铁外面走，妈妈一路上兴奋地用手机和远在黄浦江边金茂大厦开会的爸爸通话："你说对了，儿子回来了，完璧归赵！"明欣的妈妈姓赵。

男孩抢过妈妈的电话，对着手机喊："爸爸，您知道吗？我还做了慈善呢！我给了一个回不去家的小孩四块钱。知道我为什么给四块吗？妈妈陪我去补课往返要多花四块钱，我把省下的钱捐了！"

"什么？你遇上了小乞丐？"地铁外面的阳光照射下，妈妈一把扳过儿子的双肩，仔细地上下打量面前那张孩子气的脸，直到确认儿子完好无损，才放开几乎要扣进儿子皮肉里的十指。

"不是小乞丐，是个没钱回家的小男孩，他没有爸爸，和我差不多大……"明欣不满地回答妈妈的疑问。

晚上，妈妈把门在里面锁上，一个人戴着耳机躲在卧室和爸爸视频聊天。明欣知道，妈妈肯定在和爸爸探讨自己白天遭遇的事情。他有些担心，妈妈明天还会让自己一个人坐地铁吗？

三

第二天去地铁站时，男孩撒野的童心像放开了缰绳的马一样。他不但拒绝母亲陪伴去上课，甚至不容许妈妈送到地铁站，撒欢一样奔出家门。妈妈没有勉强儿子，只是站在十楼的阳台上，遥望儿子蹦蹦跳跳着远去，直望到那高大却又单薄的背影淹没在匆匆的人流中。

明欣再次看见那张肮脏的纸板时，把头从书上抬起来。他仔细地打量一下面前请求救济的男孩，先看见一双闪着亮光的眼睛。见明欣盯着他，那黑亮的目光躲闪了一下，马上又大胆地迎接对方目光的质询。两个男孩的目光同时抵达纸板上童稚体的字迹"我没有路费回家"，乞讨的男孩点点头。明欣手伸向自己的口袋，拿出了姑姑从陕西寄来的手织钱包，从里边麻利地掏出四张一元的纸币来。

明欣看着那几行字："秋天来了，爸爸的坟头草儿黄了"，目光潮湿地看着乞讨的男孩，点了点头。

男孩脏脏的小手飞快地抓起了几张崭新的纸币，明欣近视镜片后的眼睛，没来得及看清那行乞男孩的动作，纸币就不见了。明欣忽然有些不安起来，其他人没谁再捐钱出来，许多人还对肮脏的男孩投去嫌恶的目光。

更让明欣不安的是，他和明欣连招呼都不打，就像渗入沙中的一滴水，转瞬之间，快速消失了。

四

连续五天了，明欣总是在固定的时间坐地铁去上课。他总是在固定的车厢，固定的位置。那个行乞的男孩像赴一个约定，每次都是准确地把纸板伸给明欣。明欣没想男孩为什么这么准时，他总是一分不少也一分不多地捐出四张一元的纸币。有一次，男孩见纸币又是四元，还停顿了一下，用目光询问明欣的眼睛。明欣读得出来，小乞丐的意思是问能否多捐点儿。但明欣是精于计算的数学天才，每次捐四元是他的原则。明欣坚守原则。

就在明欣五次总计捐出二十块钱后的这天，地铁上，向明欣伸过来的不再是纸板，而是一只指甲缝里满是黑垢的瘦手。不，那手不是一只，是三只。明欣的周边同时出现了三个脏脏的同龄男孩。明欣那时读诗正有些心不在焉，心情像是赶赴一次心照不宣的约会。

明欣的手插向胸袋，摸到了手织钱包柔软的棉线。那是姑姑亲手编织的，带着姑姑的体温。每次摸到钱包明欣都有温暖的感觉在心中生起。小时候，明欣是姑姑带大的。那时，爸爸妈妈一边工作一边在职读硕士，因工伤下岗的姑姑不能再在纺织车间里弹拨纱线的琴弦，便从外地来到北京，一住就是几年。明欣和姑姑的关系跟妈妈一样亲。

钱包拿出来，打开锁了铜扣的盖子，明欣从一张一百元、两张二十元、四张一元的纸币中，准确地摸出了四张零钱，在中间那只手中放了两元，另两只手各放一元。因为没有太多的零钱，明欣还表示了一下歉意，冲站在中间那个已经熟悉了的男孩笑了一下，把钱包晃晃，表示自己只能如此了。

就在这时，一只手突然在眼前一晃，钱包已经离开了明欣毫无戒备的手掌。随后，旁边两个肮脏的小脑袋一晃，躲进人群不见了。

明欣立刻反应过来，几乎是下意识地探出长臂，一下子揪住了面前剩下的那个连续向他行乞的男孩。

"你还我钱包！"明欣用刚过变声期的大嗓门怒喝。他早已经明白，手中瘦小但骨骼坚硬的行乞男孩，其实是一个职业乞丐。

"嘻嘻！"小乞丐一点儿不害怕，反倒用目光嘲弄地看着明欣。

"你们就这么对待帮助你们的人吗？"明欣在怒吼。但他的大声喧哗不起作用，身边的大人都没有反应，反倒纷纷回避男孩求援的孤独目光。

"嘻嘻，嘻嘻!"小乞丐戏谑地笑着，双肩一抖，已从明欣的手下熟练地挣脱开来。他耸耸枯干的双肩，操起肮脏的灰色T恤衫，露出划了几条白道的黑肚皮，又把短裤的两个兜儿翻出来，里边没有内容，只是两个空空的洞。证明完自己身无分文之后，小乞丐肮脏的黑手在唇上做个飞吻的动作，屁股一缩，像土遁一样退入人群之中，转瞬之间就不见了。

那一刻，明欣感觉不到头顶车厢空调的凉风，只觉一股热流在胸中冲破开来。他想对冷漠的人群大喊一声。但是，明欣什么也喊不出来，他的嗓子像呛了辣椒面一样又干又辣。

地铁停下，一群人下去，又一群人上来。新乘客们看见了一个鹤立鸡群般细高挑的男孩，他的一张娃娃脸涨得通红，愤怒、委屈、恐慌、羞愧，各种不同的表情不断变化。但是，新乘客们的奇怪是短暂的，他们很快就恢复了平常的姿态，在每个地铁车厢里都差不多的常见姿态。

五

第二天，地铁中，明欣仍旧在固定的时间坐固定的位置。

小乞丐在明欣遭遇抢劫后并没有消失，他照常出现，照常在明欣的面前伸出纸板。纸板上的字没有换，只是字被汗水或雨水渍过，模糊得有些肮脏。伸到明欣面前的纸板开始是试探性的，随后变得具有挑衅的意味。明欣并没有挡开那张纸板，反倒从手中的《泰戈尔诗集》夹页中拿出早已准备好的四张一元的纸币，轻轻地放到了那张熟悉的纸板上。

小乞丐的目光惊讶了一下。他警觉地四下里望望，抓起纸币，快速地遁入人缝之中。

男孩明欣望着迅速合拢的人缝，脸上浮出胜利的笑意来。

那几张纸币是爸爸新给的。

昨天傍晚回家时，明欣尽量装着若无其事的样子。妈妈搂着儿子周身上下抚摸了一遍，在完好无损的儿子的额头自豪地亲了一下，就去厨房做饭了。明欣在妈妈转身那阵儿十分委屈，他在心里喊着："妈妈，你知道儿子心中受伤了吗？"但他不好意思表现出来。

晚上，爸爸出差回来了，带回了明欣渴盼已久的礼物，一架遥控直升飞机。但是明欣表现出来的高兴劲儿是有杂质的，让身为心理学硕士的爸爸看在了眼里。

临睡时，明欣要求支取自己存放在妈妈那里的更多压岁钱时，爸爸把儿子叫到了书房。两个大男人，不，一个成年男人和一个山寨版的大男人，目光仅仅对视了两三秒钟，明欣立刻缴枪，一五一十地向爸爸讲述了自己白天的遭遇。他那会儿反锁了书房门，怕妈妈听见自己的历险。他既不想让妈妈为自己担心，更害怕毁掉自己一个人出门远行的前程。

爸爸听过儿子惊险、委屈的经历之后，并没有表现出紧张，反倒笑眯眯地对一脸无辜的儿子道："大男生，何必生气呢？抢劫是别人的错误，何必用别人的错误惩罚自己呢？你应该先考虑一下自己的行为有哪些不当之处。我教你一个方法……"

父子俩仔细分析过后，男孩明欣手中有了四十八张一元的纸币……

刚才放在纸板上的，就是其中的四张。

望着小乞丐消失的地方，明欣胯部神经感受了一下，那里有一个隐蔽的口袋，里边有两张一百元的纸币。爸爸教他的方法非常简单：出门在外，零钱、整钱分开存放，免得被人家端了老巢。

琢磨着那个脏脏背影消失时表现出的细微慌乱，明欣内心中很是佩服爸爸的高招："嘿，姜还是老的辣呀！"

六

地铁有节奏地运行着，车头前第二节车厢。进门，往左，中间的位置。男孩明欣已经习惯选择坐在那里。

小乞丐照常光顾那里。伸纸板，接钱，遁入人群里消失。

这一天，男孩明欣在给小乞丐的四张一元纸币的中间夹了一张字条：钱包是姑姑用残疾的手编织的，我舍不得它。

明欣的钱照样是从手中的书页中拿出来的，早就准备好了的。他还有二十四张一元的纸币，四十八元刚刚用掉了一半儿。他精于计算的脑袋已经想好，自己还有六天就要结束在奥数班的补习，如果每天遇到小乞丐，刚好在最后一天用完余钱。

七

又一天，固定的时间，固定的地铁，固定的车厢。男孩明欣到达小乞丐出现的东四十条站时，已经不再读诗。他近视镜后的目光在腿缝中扫视，盼着看见那个泥鳅一样钻来钻去的小熟人。

地铁加速，减速，喷出一群人，又吞进一群人。到站了，没有那张肮脏的纸板伸过来。明欣有些失望，甚至有些失落，好像一个正在较力的人，忽然失去了对手。

走出地铁，亮闪闪的阳光包围住他。抬头看天，蓝得透明，几丝白云爬升得高高的。秋高气爽，天高云淡，明欣脑子里蹦出许多关于秋天的词语。

又隔了一天，男孩明欣在地铁车厢里等来了那张纸板。不过，伸来的是一张新纸板，上面没有字迹，而是托着一个棉线编织的钱包。

明欣很平常地伸出手，把熟悉的久违了的钱包拿过来，从书页中拿出四张一元的纸币，放到纸板上面。他看到面前那张熟悉的瘦脸有了变化，更脏了，额头上还有一个醒目的紫包。

还有那双眼睛里边除了狡黠，似乎还有一点儿讨好的期待。但明欣没有表示谢意，而是平静地收好钱包，把目光重新放回书中的诗行里去。

那天上课男孩明欣有些走神儿，不时用手抚摸钱包。

钱包里钱没了。但是里边的课程表还在。那是自己暑假补课的课程表。

他想，难怪那家伙那么准时，他一定知道好学生是遵守时间的。

课程表上有字，一笔一画，是这么一句也许只有他们两个人才懂的话：

你明明知道那是我的事业，可是你为什么还照样做呢？

——小圆

明欣不断地想：这家伙，原来叫小圆，可他多么地不圆呀！圆的数学概念是：1.平面上到定点的距离等于定长的所有点组成的图形叫作圆。定点称为圆心，定长称为半径。2.平面上一动点以一定点为中心，一定长为距离运动一周的轨迹称为圆周，简称圆。3.到定点的距离等于定长的点的集合叫作圆。

他应该叫小瘦子才对。用词不当！行乞怎么算事业呢？如果人们宽容的话，最多算是一个职业罢了。

我为什么每天都这样做，只为了要回姑姑编织的钱包？显然并不会这么简单。

小圆，难道你不觉得这是我们两个男人之间的较量吗？

八

男孩明欣这一天坐上地铁时，心中有点儿遗憾。补习班就要结束了，今天是最后一天。他的一元纸币还存八张，今天再捐献四张，还结余四张。哦，剩余这四张纸币就留作这个暑假的特殊纪念吧。

男孩这一天手中的诗集，是诺贝尔文学奖获得者帕斯的中文诗歌译本《太阳石》。诗句像太平洋波涛一样地壮阔和深奥，读了几段，他觉得诗歌如海水一样晦涩，就把书合上了。书页里夹着四张纸币，还有一张梧桐树叶。昨天他回家的路上，这片早黄的叶子飘落下来，正砸在他光洁的额头上，然后挂到了眼镜上。

那是一片纹理清晰的树叶，因为早熟，叶片微黄，但却水润。明欣就将它收了起来。

他在树叶上写了两行小诗，用红色水彩笔写的：

地铁在时间的隧道里运转，
让我们常常忘记洒满阳光的秋天。

地铁"哐哐哐"地跑着，光线忽明忽暗。到了东四十条站，那个小圆就应该出现了。

果然，小圆不负期待。

明欣盯着小圆，是一张洗过的脸，额头上的紫包只剩一圈儿印痕，有些乌青，衬托得狭窄的瘦脸些许苍白。

都说眼睛是心灵的窗口，小圆那双也正看着明欣的眼睛，明亮、清澈又湿润。

还是那张纸板，上面托着一个薄薄的纸包。

明欣把四张一元的纸币放在纸板上面，还有那张写字的树叶。

小圆没有拿那四张纸币，只是拿起那片树叶。他看见了那上面的几行字，抬起头，有些感激地看着明欣。明欣那一刻故意埋头在书页中那些模糊的诗行里，并不看那个小乞丐可怜巴巴的眼神。

纸板，还有白色的薄纸包，放在明欣的膝盖上，迟迟没有移开。不知什么时候，小圆已经像一颗溜光滑润的小水滴，在明欣发呆的时候，悄悄地渗入了密密麻麻的人流里。

喇叭里，响起了报站的播音……

九

晚上，一家三口在书房里讨论白天发生的事情，灯光下，爸爸胖乎乎的脸上浮现着欣慰、满足的笑意。

明欣和妈妈围在心理学硕士的身边，一家人都在看写字台上男孩带回的几样东西。

包钱的白色 A4 纸缺一个边角，上面还有一条污痕，显然是捡来的。

纸上的钱总计两百零二元，两张一百元，两张一元。明欣的奥数脑袋早算过，数字正好是自己被抢走的和在地铁上捐献给小乞丐的总额。

还有那张纸板写着这样的字句：

秋天来了，我没有找到

消失在地铁里的妈妈

我想念远方的爷爷

还有爸爸坟地边的庄稼

——小圆

爸爸得意地笑着，说：“儿子，爸爸的心理学试验成功了。这个案例的成功正是因为你有一颗本真的童心。”

“什么？试验？”明欣的眼睛迷茫了一下，马上瞪大开来，怪怪地看着面前笑眯眯的爸爸。

“你利用儿子做试验？”妈妈看看丈夫，又看看儿子，大声地质问陶醉在成功喜悦里的心理学家，问，“什么试验？”

心理学硕士耸耸肩。他说：“这个试验叫完璧归赵，也可以叫‘完币归赵’。当然，它应该有一个更充满诗意的名字。”

爸爸想了想，最后，在母子俩呆呆的注视下，满意地说：“对，就叫‘开往秋天的地铁’……”

班副的囚徒

一

班副的囚徒是一只鸽子，叫王丽芳。

鸽子原来不叫王丽芳，叫豆豆，是一只在乡村的屋檐下安居的家鸽。它是群居动物，飞起来的时候，前前后后有二十几个伙伴儿。但班副到乡村过暑假，并且把手伸到二姑家的鸽窝里，于是豆豆离开鸽群，离开村庄，孤身来到班副居住的城市。

鸽子刚进城那会儿也不是囚徒，甚至应该被称为"豆豆科长"。班副老爸、老妈分别是张科长、李科长，因此住两室一厅，享受科长的待遇。鸽子干脆以两室一厅为家，可以随便出入各个房间。待遇也不错，它不吃大米、白面，班副就喂它谷粒、玉米、高粱；它不爱喝有浓浓漂白粉味的自来水，班副就给它去附近的工厂接地下水。虽然窗外的天空很高很远，但对身为鸽子的豆豆，有两室一厅可栖，已很知足了。

鸽子被叫作"王丽芳"那天，才沦落为真正的囚徒。它的居室一下子成为很小的竹笼子，并且被剥夺了在各个房间散步的自由。班副的态度也来了个一百八十度大转弯。每天早晨，他往笼子里丢一穗玉米棒，再倒一碗自来水，怒喝道："王丽芳，你牛什么？本班副凭什么伺候你？吃，喝，要不就饿死你！"然后，就背起书包上学去了。

成为囚徒的王丽芳，把在狭窄的笼子里怀念叫豆豆的岁月，当成唯一幸福快乐的事。

二

叫王丽芳的鸽子充分体验到了什么叫虐待。

首先是饮食上的苛刻待遇。它讨厌自来水中漂白粉的怪味，为此发出"咕噜噜"的抗议声，并拒绝饮用。但班副只是幸灾乐祸地看它，并不去管。有一天，班副正在写作业，听见鸽子叫，就气冲冲过来，大吼："王丽芳，你鬼叫什么？一天到晚，就你叽叽喳喳，有完没完？"王丽芳继续抗议，班副打开笼门，一把把它揪出来，左右开弓打它一顿巴掌："打你个王丽芳，打你个王丽芳！看你还叽喳不，看你还叽喳不！"虽然打得并不重，但好羞辱、好委屈，王丽芳便尖锐地抗议。班副干脆把它往笼子里一丢，自己回房间去，并把门关出"啪"的一响，再不理睬它。没办法，渴得难受的鸽子只得喝自来水，但漂白粉的怪味使它把吞下的粮食又呛了出来。

鸽子王丽芳受到的第二种虐待就是经常被班副一两天不理不睬，或者被指着眼睛臭骂一顿，囚笼也给从客厅搬到烟熏味呛的厨房。班副见它受气的可怜样儿，则会变得眉开眼笑，大声说："王丽芳，让你也尝尝受气的滋味，别以为本班副好欺负！本班副全年级短跑第一，跳远第二，不就是少考了 0.5 分吗？"囚徒不明白他嚷个啥，"咕噜噜"大声抗议。班副就十分蛮横地道："咋，王丽芳，你要不服，咱下把再见！"

鸽子王丽芳受到的最强烈、最残暴的虐待和羞辱发生在被囚禁的第三个星期天。班副放学回来，没好气地用挂在脖子上的钥匙捅开门，一冲一冲直奔厨房。他丢掉书包，抄起把剪刀，恶狠狠提拎起囚笼，生硬地丢在客厅地板上。鸽子知道厄运临头，吓得"咕噜噜"惨叫起来。但班副并不理睬，而是打开笼门，一把抓出它，"咔嚓"一剪刀，剪断了它的尾巴；接着又不顾它的惨叫，"咔嚓、咔嚓"剪断了它长长的翅翎；然后，把它松开，吼道："王丽芳，让你翘尾巴，有能耐，这回你使吧，使吧！"鸽子王丽芳张开翅膀，瞄准透明的玻璃振翅欲飞，但它再也飞不起来了，而是一头栽倒在地。尾巴没了，失去平衡，别说飞，跑都趔趔趄趄。班副望着它的狼狈相，得意而开心地大笑道："王丽芳，让你臭美，这回你就是丑小鸭！"鸽子蹿到班副的房间，"咕噜噜"抗议。它抗议的方式是乡村式的，那就是恶狠狠地在地毯上丢下一泡稀屎！

鸽子王丽芳痛苦到了极点，畏怯班副到了极点，它不明白小主人是发的什么疯。为此，它清亮和善的眼睛看着班副的时候，总是可怜巴巴的。

张科长和李科长同样对儿子的做法不理解。鸽子曾听见他们夫妻背后议论："王丽芳咋把强强惹成这个样子？"

鸽子知道，强强就是可恶的班副！

班副自然也有高兴的时候。

开门时，他捅锁的声音轻柔又平和，或者他是吹着口哨上楼，那么，鸽子王丽芳总会受到些优待。比如，他会边听音乐边给它收拾粪便，他干活麻利又干净，三擦两抹，脏兮兮的笼子就变得清爽了。自然，也会给鸽子换些新粮，调剂一下伙食：上顿吃高粱，这顿吃玉米；或者上顿吃玉米，这顿吃谷粒。还会细心地把自来水澄清，让漂白粉完全沉淀后再喂给它。一边干活，班副还会和它搭讪："王丽芳，怎么样，本班副工作能力不差吧？"

班副是很贪玩也很会玩的。有时，他不看动画片，不听音乐，也不写作业，而是在地板上摆满飞机、大炮、枪械、机器人、变形金刚。鸽子王丽芳也会被放出来，抖着断翅趔趔趄趄在客厅走走。它已学会歪着身子走路，尽量不摔跤，有时拍拍翅膀，望望窗外，回忆回忆在蓝天中飞翔的感觉。班副有时会招呼它，说："王丽芳，过来，一块玩儿。别端臭架子，咱们男生是欢迎你一块玩儿的。"当然，若是鸽子不理睬，班副会顺手抄起什么枪械，瞄准它，恐吓道："王丽芳，你来不来？你以为你多么了不起呀？本班副一梭子子弹就能送你上西天！不信，你就尝一尝。"说着，电子枪发出红光，爆出吓人的声响，王丽芳吓得屁滚尿流，自然要在地毯或者地板上留下些纪念物。

最让鸽子王丽芳不能理解的是，有一天，班副看电视看得流泪了，他冲进厨房，打开囚笼门，轻轻抱出它，把它的头紧紧贴在他湿润的脸上，呜咽着说："豆豆，豆豆，你吃苦了！我不是好东西，我剪了你的翅膀，打你，骂你，我小心眼儿，我不是个男人，我把你害苦了。"哭着，说着，他的脸突然又变了，气冲冲又把它丢进囚笼，一抹脸，指着它的眼睛恶声怒斥："王丽芳，都怪你，把我的豆豆害成这样！走着瞧吧，有你好看的！"鸽子王丽芳给这瞬息变化弄得不知所措。

时间一长，鸽子的胃和神经都变得脆弱了，并产生了条件反射，一听叫它王丽芳，浑身就打战发抖。它从心理和生理上，都讨厌王丽芳这三个字。

三

冬天来了，并且，天空中落下了第一场雪。雪下得并不大，可仍然把窗外的世界粉饰得洁白无瑕。鸽子王丽芳多么渴望外面的世界啊。在乡村，它会和伙伴儿们一起飞上蓝天。天是蓝的，地是白的。没有庄稼的山野，可以望出老远老远。翅膀下风声擦过，身体给空气托住，那是怎样的快乐和自由啊。渴了，就去未封冻的山泉边喝水，那是甜润的泉水，没有城市的怪味；饿了，就找片草丛吃些草籽，或者回落到主人的院子里，主人会扫一块空地，扬撒一把金黄色的玉米或者火红色的高粱粒。伙伴儿们争着、抢着，是争食，也是游戏。那是多么地温馨和亲切呀！可是，这一切都离得那么遥远，遥不可及。

鸽子王丽芳消瘦了，并且，明显地憔悴了。

就在这时，班副病倒了。打雪仗归来，出了一身热汗，他干脆脱了羽绒外套。玩得太高兴了，鸽子王丽芳充分感受到了他欢乐未尽的余兴。但乐极生悲，第二天早晨，班副挣扎着想起床，却一头栽到了床下。两位科长忙跑过来，把他抱上床。李科长一摸他的头，尖叫了一声："强强咋烧成这样？"张科长赶忙打电话叫来住一个楼的医生，给班副屁股上打了一针。班副真刚强，针扎进肉里那会儿，他不但没哭，反倒"咯咯咯"地笑了。医生说不用住院，让他休息，班副却嚷着要上学。张科长硬把他摁在床上，李科长则麻利地给学校打了电话，说："强强重感冒，高烧 39.5 摄氏度，请几天假。是的，临近期末，强强急着要上学。好，好，老师，谢谢您。您要派个同学来给他补课？这太好了，强强最怕学习成绩下降！"放下电话，李科长满意地说："强强，放心养病，老师说派个学生下午来给你补课。"班副大声嚷："不用，我不用！"张科长的脸一沉，说："强强，听话！"班副嘟哝着，身子一软，躺下了。

两室一厅的空间里，只剩下班副和鸽子王丽芳。它最怕只和他一个在家里，说不定他又会虐待它。鸽子尽量减少声音，免得引起注意。

但是，班副还是想起了它。他扶着墙，摸到厨房，打开了囚笼门，把它轻轻捧出来，抱回床上；一双有些浮肿的眼睛望着鸽子王丽芳的圆眼睛，很长时间，一句话也不说。倒是鸽子忍不住"咕噜"了一声。

班副后来说话了。他说："豆豆，你猜猜，老师会派谁来给我补课呢？学习委员田田，还是尖子生大壮？可别派她来呀，我最烦她。要是派她来，我绝不会开门！我要和她期末时见高低的，不就是比我高 0.5 分吗？有啥了不起的！"

反反复复，班副就说这几句话。

鸽子王丽芳想，他说的她是咋样一个人呢？

四

"咚、咚、咚。"有人轻轻地叩门。

班副那会儿正迷迷糊糊，没听见门响。鸽子王丽芳不由得"咕噜噜"叫起来。

班副一翻身坐起来，光着脚下地，往门边跑。但他身体摇晃了一下，差点儿摔倒，赶紧扶住了墙壁。

"谁?"班副问。

"是我，张强强同学。"门外传来一声清亮的女孩的回应。

"是你！"班副闷声应。

"是我。老师派我来给你补课的。"女孩说。

"我不用！"班副倔巴巴地说。

"张强强同学，开门吧，我要完成老师交给的任务啊。再说，这几天正是关键时候。"门外女孩说。

"你走吧！"班副仍不开门。

"怎么，你就不让我到你家坐一坐？还是男子汉大丈夫呢！开门吧。"女孩的声音柔中有刚，不容拒绝的口吻。

这话果然有效，班副犹豫了一下，回头，见鸽子王丽芳正睁着双眼在客厅一角望自己，就做了个无可奈何的鬼脸，冲门外道："好，你等一等！"他跑回来，把鸽子捉住，关入囚笼，自己则回到房间，整理好床铺，穿好衣服，才去开门。

随着门响，一个穿白色羽绒服的女孩大大方方走了进来，她几乎和班副一般高，最惹眼的是有一头柔软而黑亮的长发。

"快，张强强，赶紧去躺着，你可是个病号！"女孩说着，要去扶班副。

班副却一拧身，故作洒脱状，说："我没事，这点儿小病，算个啥？男子汉大丈夫嘛！"

女孩"咯咯"地笑了，说："你看你，身为副班长，就是改不掉男生吹牛装横的毛病。好啦，好啦，上床去，我要上课了。"

鸽子王丽芳好奇怪，女孩的口气完全是命令式的，平日那么威风的班副竟显得十分乖顺。

在班副的房间里，女孩说："好，那就上课吧，今天讲的是……"下面的话，鸽子王丽芳一句也听不懂了。

女孩走了，张科长、李科长还没有回来，房间里只剩下鸽子王丽芳和班副两个。

班副在女孩的帮助下，吃了几片药。这会儿，他显得比早晨那阵儿精神多了。丢开课本，他又把鸽子王丽芳抱到了床上。

"王丽芳！"班副吆喝一声，"往后，你别总命令我，我讨厌别人命令我！我是男生，我不愿意让女生管教！"他"啪"地打了鸽子一下。它要溜，他却把它拦住，喝道："你往哪躲？不许躲！别看你来给我补课，可我不领你情，因为是老师派你来的！再说，我自学也不会比你差多少！"

鸽子王丽芳愣住了。怎么，班副这是在说谁？显然这是指桑骂槐！

"明天，我就去上学，免得你再来我家！"班副继续说，并且，还想说些什么。但这时，门一响，是两位科长回来了，班副"咕咚"一声把要说的话咽回肚里。鸽子隐隐感到，自己的遭遇，似乎和那个女孩有关。

五

第二天，班副没能去上学，自然女孩下午又来给他补课。班副这次没有拒绝开门，并且提前收拾好床铺，穿好衣服。听见敲门声，他只犹豫一下，就把门敞开。

第三天，班副仍然没能上学。女孩再来给他补课的时候，鸽子王丽芳甚至听见房间里传来两个少年的笑声，好像是女孩讲了什么发生在校园里的趣事，弄得班副直叫："我要上学，上学。"女孩则劝他说："你要上学可以，但必须等病好利落了。"
班副说："我的病快好了！"女孩笑着说："你得的是感冒，传
染的。"班副也笑了，说："你不怕传染？"女孩说："传染我一
个，幸福全班同学。"两个少年说完，全都乐了。

这天是鸽子被叫作王丽芳后班副最快乐的一天。送走女孩，
班副高兴地进了厨房，鸽子看见他甚至蹦了一下。他走到囚笼
前，打开笼门，放鸽子在宽敞的客厅里散步，开始清理它的脏
物，还在地板上撒了些谷粒。他逗弄它说："王丽芳，你要不总
是把自己当成领导干部，人还是挺好的。脑瓜子灵，反应快，
心肠也热。我烦就烦你趾高气扬的德行。"鸽子王丽芳知道说的
不是自己，不理他，自顾吃谷粒。班副也不介意，而是吹起了
口哨，又去厨房给鸽子换水。再回到客厅时，不小心，他踩在
谷粒上，脚下一滑，"咚"的一声跌在地板上。这一跌，倒把他
跌笑了，一边大笑一边望着鸽子，说："丑八怪，瞧你个丑八
怪！可我比你还丑……"班副说着说着，眼色就黯淡了，伸手
去摸鸽子，道："王丽芳，我剪了你的翅膀，还打你，骂你，你
恨我不？"

鸽子王丽芳有些不知所措。

"其实，我这人有很多毛病，都让你说对了。"班副认真
地说。

第四天，班副的病情明显好转了。

六

早晨，临上班，张科长问："强强，今天上学不？"

班副赖在床上，一副松垮垮的样子。

李科长说："强强，上学没事吧？功课可别落下，你要考第一，不是考第二，男儿当自强不息！"

班副没好气地道："考第一？全班只有一个第一！"

"好，好，你就不用上学了，把身体养好。不过，记住，功课是不能落下的。上学期没考第一，要努力在这学期争取嘛。"张科长说。

"争取，争取，争取！"班副没好声地应着。

"这孩子，是咋的啦？"李科长叹口气，和张科长出门去了。自然，没忘了关门那会儿叮嘱一句："强强，别忘了吃药！"

两位科长一走，班副立刻从床上爬起来，先洗脸刷牙，然后听音乐，喂鸽子王丽芳。喂饱了，就放它出来，他自己则和飞机、大炮、变形金刚玩到一块。不过，这天他没向鸽子瞄准，用枪射击。再之后，他就看电视，一看就过了中午。

下午来临的时候，班副开始烦躁不安，明显是在等待什么。鸽子王丽芳知道，他在等什么。每次楼道里响起脚步声，他都会十分紧张。

敲门声响起那会儿，班副变得十分机敏，他大步上前，麻利开门，单手做了个请的姿势。进来的自然是那个长发白衣女孩。

"呀，小鸽子！"女孩一眼看见了鸽子王丽芳，"真漂亮的小天使，瞧它的羽毛多白，多纯洁呀！"女孩小心地走到它面前，生怕吓着它。鸽子却不领情，反倒躲开了。

"哟，鸽子的翅膀怎么了？谁把它的羽毛剪坏了？太狠心了！"女孩叹道。

鸽子王丽芳听了，难过地展开翅，双眼哀怨地望着班副。班副的脸涨得通红。

"张强强，这是信鸽吧，多少钱买的？"女孩问。

"是家鸽，在乡下捉来的。"班副吭哧着应。

鸽子王丽芳觉得真委屈，自己被弄成这样，还被当成乡巴佬儿！可城市有什么好？有宽阔的蓝天吗？有大片舒展的田野吗？有山泉吗？有草地吗？有树林吗？没有，城市分明是一些大大小小的笼子组成的世界。

"我上你家来这么多天，你才让我看见它。张强强，我怎么没听你说过它呀？"女孩一连声地说，眼中闪动和善的光。她总想凑近鸽子，可它总是又闪又躲。没办法，她只得向班副求援："张强强，能让我抱抱你的宠物、你的爱鸟吗？"

鸽子王丽芳差点儿没哭出来。还宠物、还爱鸟呢，简直比囚犯还不如！他会宠会爱吗？分明是个虐待狂！

班副倒是听话，他在鸽子犹豫的时候，一把就捉住了它。它"咕噜噜"地抗议，想挣扎，但他的手那样有力。

"给。"他说。

于是，鸽子王丽芳就到了女孩的怀里。那是多么温馨多么清洁的怀抱呀，鸽子王丽芳觉得自己要被融化了。少女的手轻轻抚摸它的头、脖颈、翅膀。她在抚摸它断翅茬儿的时候，眼泪都要落下来了，她说："它是鸟，要用翅膀去天空上飞翔的，就和人用双脚走路一样。太残忍了！鸟呀，鸟呀，快快长出新的翅膀吧！"

鸽子王丽芳真的感动极了。它是鸟，有鸟的感情，有鸟的渴望啊。过去的几个月屈辱，不堪回首。可这个世界上，还有人记着它——是鸟，是有双翅的生命，不是玩具、撒气筒，或者供游戏的靶子、道具！

班副面红耳赤，嗫嚅着说："王丽芳，你太善良了！"

"鸽子，我可怜的小鸟……"女孩轻声地说。

鸽子王丽芳在一瞬之间，仿佛像雪团一样融化在女孩怀抱里了。

七

女孩走后，班副抱着鸽子咕哝开了：

"王丽芳，我误会你了，我对不起你！"班副轻声说。

"王丽芳，你漂亮，你头发好看，我剪了你的翅膀，我，我真下流！"班副咬牙切齿地说。

"王丽芳，请你原谅我。男子汉大丈夫，知错就改，改了好当好同志！"班副真诚地说。

"王丽芳，你当班长合格，比我强。我比你少考 0.5 分，这不怪你，怪我学得不扎实。咱们搞学习竞赛吧！"班副肯定地说。

"豆豆，你想回老家吗？你肯定想。等你翅膀长好，我就送你回到二姑家的屋檐下。"班副留恋地说。

班副还说了好多。他当然不是自言自语，而是说给鸽子王丽芳的。王丽芳已恢复了鸟的尊严，它有时"咕噜"一声，有时点点头，算是对那个曾经是暴君的班副的回答。

班副不愧是男子汉大丈夫，说话算话，他不再囚禁鸽子王丽芳，并且把囚笼丢到垃圾箱里，还把窗玻璃敲去一块，使房间和外面的蓝天之间有一条可供翅膀穿越飞翔的通道。

鸽子王丽芳听见了翅膀掠响空气的声音……